द्रोहपथ

का

अंतिम पड़ाव

-अनिल नैनवाल

KAVYA
PUBLICATIONS

Publisher:

SDR INNOWAYS INDIA PVT. LTD.
667, Rajaward, Kulpahar, Mahoba - 210426

Imprint:
KAVYA PUBLICATIONS
Plot No.107C, Hanuman Khand, Gulabvatika, Behta Hazipur, Loni-UP (Near Dilshad Garden Delhi) NCR -201102

Mob. : 7905266820
Website : www.kavyapublications.com
E-Mail : info@kavyapublications.com

ISBN : 978-93-6431-674-3

Year : 2025

This book is printed at MTL and published by author Ajay Agrawal, CEO of SDR Innoways India Pvt. Ltd. Kulpahar Mahoba with its imprint and centre, Kavya Publications Delhi.

अस्वीकरण

यह कथा पूरी तरह से काल्पनिक है, जिसका इतिहास या किसी ऐतिहासिक घटनाक्रम से या किसी जीवित अथवा मृत व्यक्ति से किसी प्रकार का कोई संबंध नहीं है। यदि ऐसा पाया जाता है तो यह महज़ संयोग है। किसी भी प्रकार की भावनात्मक असुविधा के लिए हमें खेद है।

१.

कहानी है दो दोस्तों की, दो बचपन के दोस्त! एक है गोवर्धन शास्त्री और दूसरा है प्रबल सिंह। करीब छह वर्ष की अवस्था रही होगी जब यह दोनों दोस्त बने और दोस्त भी बिल्कुल पक्के वाले। एक ही विद्यालय में और एक ही कक्षा में पढ़ते थे। घर भी पास ही थे तो आना-जाना, खेलना-कूदना भी साथ में था।

कहानी के केंद्र में हैं, स्वामी धर्मानंद, जो इस छोटे से शहर में कथावाचक हैं और कथा वाचन और सत्संग का उनका एक आश्रम भी है। और यह आश्रम ही हमारी इस कथा की रंगभूमि है।

गोवर्धन का पिता रतनलाल, स्वामी धर्मानंद के आश्रम में दान-दक्षिणा से आए हुए पैसे समेत आश्रम की पूरी आय का हिसाब रखता था; अर्थात् वह स्वामी धर्मानंद का अकाउंटेंट था।

समय के साथ यह आश्रम बहुत प्रसिद्ध हुआ और आय बहुत ज्यादा बढ़ गई थी। स्वामी धर्मानंद सिर्फ़ एक कथावाचक ही नहीं थे, अपितु एक अघोषित धर्मगुरु भी बन गए थे, जिनके हजारों-लाखों भक्त देश के हर कोने से टी०वी० के ज़रिए उनके उपदेशों, शिक्षाओं को सुनते थे। आश्रम में रोजाना सैकड़ो लोग उनके द्वारा आयोजित भागवत और ईश्वरीय लीलाओं की कथाओं का आनंद लेते और मंदिर में आयोजित भंडारे का प्रसाद ग्रहण करते तथा स्वेच्छा पूर्ण दान देते। भले ही आश्रम में दान-चंदे के रूप में लाखों रुपए रोज़ आते हों, पर स्वामी धर्मानंद को सदैव सादा भोजन करते हुए ही लोगों ने देखा था। उनकी पत्नी, जिसे वे 'स्वामिनी'

कहते थे और सारा आश्रम 'गुरु स्वामिनी' के रूप में जानता था, के मन में इच्छा थी कि वे अच्छा भोजन करें और अच्छे वस्त्र पहने, साथ ही परिवार भी अच्छा भोजन करे, अच्छे वस्त्र पहने। उसने कई बार स्वामी धर्मानंद से इसका आग्रह किया पर वे हर बार मना कर देते।

आज रात को भी स्वामिनी ने एक बार फिर उन्हें टोका- "जब आश्रम में लाखों रुपए का चंदा रोजाना आ ही रहा है तो फिर हम कब तक यह रूखी-सूखी खाते रहेंगे? क्या हमारे बच्चों का मन नहीं होता कि कभी पनीर की सब्जी खा ली जाए या कभी पराठे खा लिए जाएँ!"

स्वामी धर्मानंद ने विनम्र स्वर में अपनी पत्नी को उत्तर दिया- "देखो स्वामिनी! चंदा चाहे लाखों रुपए का रोज आए या करोड़ों रुपए का, वह मुझे नहीं आ रहा है, वह उस ईश्वर को आ रहा है, जिसने यह सारा जगत बनाया, जिसने हमें बनाया इसलिए वह धन उसी की सेवा में समर्पित है। रही बात पनीर की सब्ज़ी और पराठे खाने की तो महीने में एकाध बार बना लिया करो, मैंने तुम्हें मना तो नहीं किया। बच्चों को खिलाओ, खुद भी खाओ, लेकिन मैं नहीं खाऊंगा।"

अभी यह बातें हो ही रही थीं कि दरवाज़े से आवाज़ आई-

"गुरु-स्वामिनी जी, लाखों रुपए का चंदा आए या करोड़ों रुपए का, आप यह रूखी सूखी ही खाएंगी, क्योंकि हमारे स्वामी जी का हृदय पत्थर का है, वे आपके मन के भावों को क्या समझें?"

झोपड़ी के भीतर प्रवेश किया गोवर्धन के पिता अकाउंटेंट रतनलाल ने। स्वामिनी ने रतन लाल को देखते ही सिर पर साड़ी रख ली। स्वामी धर्मानंद ने गर्मजोशी से स्वागत किया-

"आओ रतनलाल, बिल्कुल सही समय पर आए हो, साथ बैठकर भोजन कर लो।"

"बिल्कुल आपके साथ बैठकर खाई गई रूखी-सूखी रोटी भी हमारे लिए तो मटर-पनीर और पनीर परांठे जैसी ही है।"

गृह स्वामिनी ने भोजन लगाया और सभी लोग भोजन करने लगे। भोजन के बीच में ही रतनलाल ने फिर से ज़िक्र छेड़ दिया-

"यह जो लाखों रुपए का चंदा रोजाना आ रहा है गुरुदेव; यह ईश्वर को नहीं, बल्कि आप ही को आ रहा है। यदि ईश्वर को आ रहा होता, तो फिर देश-दुनिया में जितने भी मंदिर हैं, सब जगह पैसों की बरसात हो रही होती। यह आप ही का आभामंडल है गुरुदेव, कि भक्त खुले दिल से दान कर रहे हैं। इसलिए यदि स्वामिनी जी और बच्चे कभी कुछ अच्छा भोजन करना चाहें तो यह उनका अधिकार है और मेरी मानें स्वामी जी, जो आप यूँ ही मुफ़्त में घर-घर जाकर ब्याह करवाते हैं, नामकरण और भूमि पूजन करवाते हैं, इसके भी पैसे लेना शुरू कर दीजिए; हम सब मालामाल हो जाएंगे।"

स्वामी धर्मानंद को यह विचार अच्छा नहीं लगा, स्वर को सख़्त कर बोले-

"अपनी सोच को विकसित करो रतनलाल! हम इस संसार में खाली हाथ आए थे और खाली हाथ ही जाएंगे। प्रश्न तो सिर्फ यह रह जाएगा कि हम इस संसार को क्या देकर गए हैं। इसलिए मुझे ऐसे तर्क मत दिया करो। चलो भोजन करो, ठंडा हो रहा है।"

स्वामी धर्मानंद का आश्रम दोनों बच्चों गोवर्धन शास्त्री और प्रबल सिंह के घर और विद्यालय के रास्ते में ही पड़ता था। चूंकि गोवर्धन का पिता इसी आश्रम में अकाउंटेंट था इसलिए उसका आना-जाना वहाँ लगा रहता था, जबकि प्रबल सिंह की माँ भी स्वामी धर्मानंद की बहुत बड़ी भक्त थी, और अक्सर प्रबल को लेकर आश्रम आती रहती थी इसलिए

प्रबल सिंह भी यहाँ आता ही रहता था। दोनों दोस्तों की दोस्ती का गवाह था यह आश्रम।

जब तक गोवर्धन का पिता, रतनलाल आश्रम में अपना काम निपटाता, तब तक गोवर्धन स्वामी धर्मानंद के साथ समय बिताता और उनकी बातों को बड़े ध्यान से सुनता और इन बातों के कारण उसकी धार्मिक वृत्ति बहुत कम उम्र में ही जाग उठी थी। धर्म की परिभाषा, धर्म की एक-एक परत, बहुत कम उम्र में ही उसे स्पष्ट होने लगी थी।

प्रबल सिंह के पिता का नाम नागेन्द्र सिंह है, और वह राजनीति में पाँव जमाने की महत्वाकांक्षा पाले हुए था। कई बार निर्दलीय चुनाव लड़ने के बाद अब उसने अपनी एक खुद की राजनीतिक पार्टी बना ली थी। राजनीतिक गलियारों में पैठ अच्छी थी। छुटभैये और छात्र नेताओं का उससे मिलने आने का ताँता लगा रहता था। छात्र नेताओं के बीच में भी वह भी काफी लोकप्रिय था। और इन दिनों छात्रसंघ का नेता था, भूपेश सिंह ठाकुर, जो अक्सर अपने दल-बल के साथ नागेन्द्र सिंह से मिलने आता रहता था, और नागेंद्र सिंह की नवनिर्मित पार्टी के लिए कार्यकर्ताओं और युवाओं को जुटाने की जिम्मेदारी उसी ने ले रखी थी। आए दिन वह कोई ना कोई उपद्रव करता ही रहता था और इस बार फिर एक उत्पात मचा डाला था। एक भीड़ को संबोधित करने के नाम पर वह उपद्रव के लिए उकसा रहा था-

“भाइयों और बहनों आप सब लोग बहुत गरीब हैं और बहुत ही निम्न स्तर का जीवन जी रहे हैं। देश को आज़ाद हुए इतने साल हो गए हैं! पूरी दुनिया कहाँ से कहाँ पहुँच गई है; लेकिन आप लोग आज भी वहीं के वहीं हैं। और आप लोग तब तक ऐसे ही मर-मर कर जीते रहेंगे, जब तक

खुद अपने हक के लिए लड़ना नहीं सीखेंगे! इसलिए आज अपने-अपने घरों से आपको बाहर निकलने की ज़रूरत है और मेरे साथ इतना बड़ा धमाका करने की ज़रूरत है कि दिल्ली में बैठी हुई सरकार के भी कान खुल जाएँ और इसकी शुरुआत आज हम करेंगे पटरी उखाड़ो आंदोलन से। आओ हमारे शहर में जितनी भी रेल की पटरियाँ हैं, हम सारी पटरी उखाड़ डालेंगे उसके बाद यह सरकार चेतेगी और आपको आपका हक देगी, बोलो इंकलाब जिंदाबाद।"

भूपेश सिंह का उकसाना था और हज़ारों लोग जिनमें स्त्री-पुरुष और बच्चे सभी शामिल थे, दौड़ पड़े और जगह-जगह रेलवे ट्रैक पर उपद्रव मचाने लगे। पुलिस आती है और लाठी-डंडे बरसाती है। लोग गायब हो जाते हैं और नारे लगाता हुआ भूपेश सिंह अपने कुछ साथियों के साथ अकेला पकड़ में आता है और ताबड़तोड़ पिटाई के बाद जेल में ठूँस दिया जाता है।

एक दिन स्वामी धर्मानंद आश्रम में, अपनी कुटिया में ध्यान-योग मुद्रा में बैठे हुए थे कि अचानक उनका ध्यान भंग हुआ। उनका एक सेवक आकर बोला-

"क्षमा चाहता हूँ गुरुदेव आपका ध्यान भंग करने के लिए।"

गुरुदेव अपने शांत और विनम्र स्वर में बोले- "क्या बात है राम सेवक बोलो?"

"गुरुदेव कल के चढ़ावे में एक सोने का हार, जो किसी भक्त ने चढ़ाया था, दान-पेटी से गायब है।"

"अच्छी तरह से देख लो यहीं कहीं आश्रम में पड़ा होगा।"

“नहीं महाराज सब जगह देख लिया कहीं नहीं मिला।”

“तो सब लोगों से पूछ लो किसी ने कहीं रख दिया और भूल गया हो।”

“नहीं गुरुदेव सबसे पूछ लिया, सबका यही कहना है कि किसी ने नहीं उठाया।”

“कोई बात नहीं सब लोगों से कह दो कि अच्छी तरह से याद कर लें, ढूंढ लें, यदि मिल जाए तो दान पेटी में वापस डाल दें, अन्यथा कोई बात नहीं। ईश्वर कृपा करे।”

रात हुई आज स्वामी धर्मानंद पास के ही किसी गाँव में एक न्योते में गए हुए थे। ‘गृह स्वामिनी’ घर पर अकेली थी, दोनों बच्चे सो चुके थे। दरवाज़े पर दस्तक हुई उन्होंने दरवाज़ा खोला तो सामने रतनलाल को पाया।

“प्रणाम स्वामिनी जी।”

“प्रणाम रतन भैया! आज तो स्वामी जी घर पर नहीं हैं, पड़ोस के गाँव में न्योते पर गए हैं।”

“मुझे मालूम है स्वामिनी जी इसीलिए तो आया हूँ, यह देखो आपके लिए एक भेंट लाया हूँ।”

रतनलाल ने पोटली खोली तो उसमें सोने का हार निकला। स्वामिनी तुरंत समझ गई, चौंक कर बोली-

“यह तो वही हार है ना! जो गायब हो गया था। इसे मेरे पास क्यों ला रहे हो? जाकर दान पेटी में वापस डाल दो।”

"कैसी बात करती हो स्वामिनी जी! तुम्हारी सुंदर, सुराहीदार गर्दन को पहनाने के लिए ही तो यह हार मैंने चुराया था! इसे दान पेटी में कैसे डाल दूँ? यह लो, पहन लो, अच्छी लगोगी। हीं.... हीं.... ही.... हीं.... ।"

गृह-स्वामिनी घबराकर एक कदम पीछे हट गई और सशंकित नेत्रों से रतनलाल को देखने लगी। अब रतनलाल अपने असली रंग में आता है-

"आप तो जानती हैं स्वामिनी जी कि मेरे बेटे गोवर्धन के पैदा होते ही इसकी माँ चल बसी, तब से अकेला ही जीवन काट रहा हूँ। आपको क्या लगता है, मैं रात को यहाँ रूखी-सूखी रोटी खाने आता हूँ! आपके सुंदर मुखड़े के दर्शन हो जाते हैं, और आपकी याद में रात काट लेता हूँ। आओ मेरे साथ चलो हम हर रोज़ मटर पनीर, शाही पनीर और कढ़ाई पनीर खाएंगे। मैं आपको रेशमी वस्त्र पहनाऊंगा, कब तक इन सूती कपड़ों में काम चलाती रहोगी। इस हार को पहन लो और चलो मेरे साथ।"

रतनलाल आगे बढ़ा। स्वामिनी घबराकर चिल्लाने को थी कि रतनलाल ने झट से मुँह पर हाथ रख दिया।

"ऐसा गजब मत करो स्वामिनी जी! आपस-दारी की बात है, प्यार मोहब्बत से समझ लेंगे, चिल्लाती क्यों हो? घबराओ मत, किसी को कुछ पता नहीं चलेगा।"

गृह स्वामिनी ने हाथ में रखा हुआ रोटी का चिमटा रतनलाल के सिर पर मारा और बाहर भाग गई। "बचाओ..ऽ..ऽ.. 'बचाओ..ऽ..ऽ.." का शोर सुनकर आश्रम के तमाम लोग उस ओर दौड़े। "चोर-चोर" का शोर सुनाई दिया। रतनलाल ने भागने में ही भलाई समझी और वह भाग खड़ा हुआ।

अगले दिन गुरुदेव अपने आसन पर बैठे थे। उनके सामने रतनलाल अपराधियों की भाँति खड़ा था और गुरुदेव के बराबर में ही रतनलाल का पुत्र गोवर्धन शास्त्री भी खड़ा था। गुरुदेव ने पूछा-

"तुमने चोरी क्यों किया रतनलाल? याद करो जब पंद्रह वर्ष पहले तुम मेरे पास सिर्फ एक सेवादार के रूप में काम करने आए थे, तब तुम्हारे पास रुपया नहीं था, पैसा नहीं था, खाने को भोजन नहीं था, रहने को कोई ठिकाना नहीं था और आज तुम देखो तुम्हारे पास वह सारी भौतिक वस्तुएँ हैं। तुम्हारा विवाह और तुम्हारे बच्चे का जन्म, सब हमारी आँखों के सामने ही हुए हैं। जबकि इतने वर्षों में तुमने देखा होगा मैं जहाँ था, आज भी वही हूँ! किंतु मैं प्रसन्न हूँ, संतुष्ट हूँ और ईश्वर में मेरी आस्था जस की तस है, तो फिर तुम्हें चोरी करने की आवश्यकता क्यों पड़ी? और चोरी के साथ-साथ तुमने पराई स्त्री पर कुदृष्टि डालने का अपराध भी किया है। क्या यही इस आश्रम के सिद्धांत हैं? तुम कैसे भूल गए कि स्त्री चाहे पराई हो, चाहे अपनी हो, वह भोग की वस्तु नहीं है। वह लक्ष्मी है, सरस्वती है, दुर्गा है। यदि तुम पश्चाताप करो, तो तुम्हें क्षमा किया जा सकता है।"

गृह स्वामिनी को आपत्ति हुई और वह तुरंत बोल उठी-

"इसे क्षमा करने का निर्णय लेने वाले आप कौन होते हैं? अपमान इसने मेरा किया था। गंदी चेष्टाओं से इसने मुझे छुआ था और मैं इसे कभी क्षमा नहीं कर सकती। पुलिस को बुलाओ और इसे जेल में डलवाओ।"

"इन्हें सज़ा देने के लिए पुलिस नहीं बुलानी चाहिए इन्हें इसी आश्रम में मृत्यु दंड देना चाहिए।" - एक ऊँचे स्वर ने सबको चौंका दिया; यह गोवर्धन का स्वर था। वह आगे बोला-

"मैंने जितनी भी शिक्षा आपसे ग्रहण की है गुरुदेव, उसके आधार पर मैं कह सकता हूँ कि मेरे पिता का यह अपराध, मृत्यु-दंड के ही लायक है। इसलिए इनके लिए मृत्यु-दंड की मांग की जाए।"

रतनलाल का चेहरा क्रोध से तमतमा उठा। उसने एक ज़ोर का थप्पड़ गोवर्धन के गाल पर मारा, थप्पड़ इतनी ज़ोर का था कि गोवर्धन जमीन पर गिर पड़ा। रतनलाल चिल्लाया-

"अपने बाप को मौत की सज़ा देने की बात करता है, दुष्ट! मैंने तुझे पैदा किया है, और तू मुझे ही मारना चाहता है। यही सीख रहा है तू इस पाखंडी धर्मानंद के आश्रम में!"

गोवर्धन अपने गाल पर हाथ रखे हुए उठा। और निडर होकर बोला-

"गुरुदेव धर्मानंद जी के आश्रम में आकर मैंने यह भी सीखा है कि मनुष्य जैसी संगत में रहता है, वह वैसा ही बन जाता है, इसलिए मनुष्य को बुरी संगत त्याग देनी चाहिए। जहाँ चोर रहते हों, वहाँ सज्जनों को नहीं रहना चाहिए। इसलिए आज से मैं आपको त्यागता हूँ।"

और ऐसा कहकर वह स्वामी धर्मानंद की आसन के पीछे चला गया। रतनलाल उसे पीटने के लिए उस ओर बढ़ा किंतु स्वामी धर्मानंद ने उसे रोक लिया, लोगों ने पकड़ लिया। रतनलाल क्रोध में फटी आँखों से अपने पुत्र को देख रहा था। स्वामी धर्मानंद ने गोवर्धन को देखा और अपने पास बुलाया-

"अपने पिता को सिर्फ इसलिए त्याग दिया क्योंकि उसने एक गलत व्यवहार किया था। इतनी छोटी सी आयु में इतना बड़ा निर्णय ले लिया तुमने गोवर्धन! सचमुच तुम धन्य हो। धर्म की राह पर चलना बहुत कठिन कार्य है। किंतु मैं फिर भी यही कहूंगा कि तुम्हारे पिता धर्म के

मार्ग से भटक गए हैं, उनका साथ दो और उन्हें सही राह पर लाओ। उन्हें छोड़ो मत।"

"जो आज्ञा गुरुदेव! यदि मेरे पिता पश्चात्ताप करें, चोरी किया हुआ वह हार लौटाएँ और गुरु माँ के चरणों में सिर रखकर उनसे क्षमा याचना करें, तो मैं उनके साथ वापस लौट सकता हूँ। परिस्थिति चाहे कैसी हों, मैं घर-बार, माता-पिता, संगी-साथी सब त्याग सकता हूँ, किंतु मैं धर्म को त्याग नहीं सकता।"

"जैसी तुम्हारी इच्छा गोवर्धन, धर्म-पथ पर चलने का प्रयास करते रहो, कौन जाने तुम ही हमारे इस पद के उत्तराधिकारी बन जाओ।"

"तुम्हें अपनी सफाई में कुछ कहना हो तो कह सकते हो रतनलाल! यदि तुम हृदय से महसूस करते हो कि तुमने गलती की है और क्षमा मांगते हो, तो तुम्हें अभय दान मिल सकता है। देखो, अपने पुत्र को देखो, इतनी छोटी अवस्था में इसे कितना धर्म-बोध है। तुम्हारी संतान इतनी विलक्षण गुणों से भरी हुई है, चोरी करके क्या तुमने इस बच्चे का मान नहीं गिराया?"

रतनलाल ने झुके हुए सिर से आँखें उठा कर अपने बेटे गोवर्धन लाल पर नज़र डाली। अपने बेटे के प्रति क्रोध से उसकी आँखें जल रही थीं, हिंसा आँखों से टपक रही थी। वश चलता तो अभी उसे यहीं मार डालता। गुरु की आवाज़ फिर कान में पड़ी -

"बोलो रतनलाल कुछ तो बोलो।"

रतनलाल फट पड़ा - "हाँ मैंने चोरी की है और यह पहली बार नहीं है कि चोरी की है। इससे पहले भी बहुत बार मैंने आश्रम से नकदी और जेवर चुराए हैं, आज स्त्री के चक्कर में पड़कर पकड़ा पहली बार गया हूँ। आप

महात्मा हो सकते हैं पर मैं नहीं। मुझे धनवान बनना था इसलिए मैंने चोरी की और मुझे इसका कोई पछतावा भी नहीं है। हाँ, लेकिन मुझे इस बात का पछतावा है कि इसके जैसी दुष्ट औलाद मेरे घर में पैदा हुई" - और ऐसा कहकर रतनलाल लपक कर अपने बेटे का गला पकड़ता है और उसे ज़ोर-ज़ोर से पीटना शुरू कर देता है। स्वामी धर्मानंद समेत जितने भी श्रद्धालु वहाँ खड़े थे, सब उसे छुड़ाने के लिए रतनलाल को खींचते हैं, पर रतनलाल की आँखों में खून सवार था, वह लगातार अपने बेटे को पीटे जा रहा था और गोवर्धन आँखें बंद किए चुपचाप खड़े-खड़े पिटता जा रहा था। यह छीना-झपटी और धक्का-मुक्की देखकर वह चिल्लाया -

"आप सब लोग हट जाइए। यह मेरे पिता हैं, इन्होंने मुझे पहले भी बहुत पीटा है ताकि मैं पढ़ाई में आगे रहूँ, ताकि मैं खेल-कूद में आगे रहूँ और आज भी इन्हें मुझे पीटने दीजिए, इनके पीटने से मुझे प्रेरणा मिल रही है कि धर्म-कार्यों में भी मैं सबसे आगे रहूँ! पिता की मार कोई श्राप या दंड न होकर एक वरदान होता है। कृपया आप लोग हट जाएँ।"

सब लोग आश्चर्यचकित हुए और गोवर्धन के कहे अनुसार हट गए। रतनलाल को अब पूरा अवसर मिला और उसने पूरी निर्दयता से अपने ही बेटे को कूटना शुरू किया। गाल पर, पीठ पर, सिर पर थप्पड़ ही थप्पड़ बरसाने लगा, बाल खींचकर पीटने लगा। स्वामी धर्मानंद समेत जितने भी लोग वहाँ उपस्थित थे, सब लोग हक्के-बक्के होकर, आँखें फाड़ कर और दुख के साथ इसे देखते रहे, पर कुछ कर नहीं सकते थे। जब पिटते-पिटते गोवर्धन बेहाल हो गया, तब स्वामी धर्मानंद दौड़कर आए और गोवर्धन को अपने सीने से चिपका लिया रतन लाल का एक

ज़ोर का हाथ स्वामी धर्मानंद की पीठ पर भी पड़ा, तब जाकर उसने अपने हाथ रोक लिए और वहाँ से चला गया।

स्वामी धर्मानंद की पत्नी आई और सुंदर से गोवर्धन को देखकर उस पर रीझ गई। गोवर्धन को गले लगा कर बोली-

"मेरे बेटे बनोगे?"

"मैं आप ही का बेटा हूँ, गुरु माँ।"

स्वामिनी मुग्ध हो गई और निहाल होकर गोवर्धन को गले लगा लिया। और तब से गोवर्धन ने आश्रम की एक छोटी सी कुटिया को ही अपना घर बना लिया।

"यह तूने बहुत गलत किया गोवर्धन! जिस बाप ने तुझे पैदा किया, पाल-पोसकर इतना बड़ा किया एक छोटी सी चोरी करने पर तूने उनको इस तरह से छोड़ दिया!"

"मैंने वही किया जो, शास्त्रों से सीखा है। हाथी से हज़ार गज की दूरी, घोड़े से सौ हाथ की, सींग वाले जानवर से दस हाथ की दूरी, सर्प से हज़ार हाथ की दूरी रखनी चाहिए; लेकिन पापी इंसान जहाँ भी हो वह स्थान तुरंत त्याग देना चाहिए और मेरे पिता ने चोरी की है इसलिए वह भी पापी है।"

"बड़ा निर्मोही है तू। बल्कि मैं तो यहाँ तक कहूंगा कि बड़ा दुष्ट है तू।"

"यह संसार एक धर्म-क्षेत्र कुरुक्षेत्र है, जहाँ हम सब अर्जुन हैं। हमारे सामने हमारे पिता, हमारे गुरु, हमारे भाई, हमारे मित्र सब खड़े हैं; लेकिन पहचान सिर्फ एक है कि क्या वह धर्म के पाले में खड़े हैं या अधर्म के।"

"तो क्या किसी दिन मुझसे कोई गलती हो गई तो तू मुझे भी अधर्मी और पापी बोलकर छोड़ देगा।"

"सच्चा मित्र वही है जो अपने मित्र को पाप के जाल में फँसने से बचाए। जब भी मन में कोई दुविधा हो मुझसे बात कर लिया कर मैं तुझे पाप के जाल में फँसने ही नहीं दूंगा।"

"मुसीबत के समय अपने माँ-बाप को छोड़ देना मेरी नजर में सबसे बड़ा पाप है इसलिए मैं तुझे पापी मान रहा हूँ। इस हिसाब से मुझे तुरंत तुझे छोड़ कर चला जाना चाहिए।"

"मैंने अपने पिता किसी को मुसीबत में नहीं, उनके अपराध करने के बाद छोड़ा है। यह रिश्ते नाते, यह सब सिर्फ भौतिक संबंध हैं; असल में हम केवल एक आत्मा हैं, जिसका संबंध परमात्मा से है और परमात्मा से जुड़ने की कुछ शर्तें हैं और मैं उन्हीं शर्तों को पूरा कर रहा हूँ।"

"तो ठीक है तू अपना धर्म निभा और मैं रिश्ते निभाउंगा! चाहे कुछ भी क्यों ना हो जाए, मैं अपने मम्मी-पापा को कभी नहीं छोड़ूंगा।"

और प्रबल गोवर्धन का हाथ छुड़ाकर भाग गया।

इस समय इन दोनों बालकों की अवस्था लगभग दस वर्ष की थी।

प्रबल सिंह का पिता नागेन्द्र सिंह अक्सर अपने घर पर राजनीतिक बैठक आयोजित करता रहता था, जिनमें यह चर्चा चल रही होती थी कि कैसे अपनी राजनीतिक स्वीकार्यता के साथ-साथ जनाधार को बढ़ाया जाए। और इन राजनीतिक चर्चाओं में शामिल होते थे- नागेंद्र सिंह की पार्टी के कार्यकर्ता, साथ में भूपेश सिंह और डिग्री कॉलेज के कुछ अन्य युवा छात्र नेता।

इसी क्रम में एक दिन ऐसी ही राजनीतिक चर्चा चल रही थी। प्रबल सिंह अपने कमरे में खिलौनों से खेल रहा था और बाहर हॉल में मीटिंग चल रही थी। आज नागेंद्र सिंह बहुत गुस्से में था और भड़क कर भूपेश सिंह से कह रहा था-

“मैंने तुम्हें अपना राजनीतिक-आधार और पार्टी का जनाधार बढ़ाने के लिए अपनी पार्टी में शामिल किया है भूपेश! और तुम कोई ना कोई हुड़दंग करके खुद भी जेल जाते हो और फिर अपनी जमानत करवाने के लिए हमसे भी थानों के चक्कर लगवाते हो! अगर ऐसे ही चलता रहा तो बन गई हमारी पार्टी नेशनल लेवल की, और बन चुका मैं राज्य का मुख्यमंत्री।”

भूपेश सिंह शर्मिंदा तो था पर आँखों में एक चमक भी थी, जो बुलंद हौसले का परिचय देती थी। नागेन्द्र सिंह पशोपेश मे उलझा हुआ आगे बोला-

“देखो भूपेश मैं पहले भी कई चुनाव लड़ चुका हूँ और सारे चुनाव एक लाइन से हार भी चुका हूँ। मुझे लग रहा है कि मैं अपना पैसा और समय दोनों बर्बाद कर रहा हूँ, राजनीति में मेरे लिए कोई कैरियर नहीं है। मैं एक-एक कदम फूंक-फूंक कर रख रहा हूँ; पर मुझे समझ में नहीं आता कि तुम्हें इतनी जल्दबाजी क्यों है? अभी हफ़्ता भर भी नहीं हुआ है, तुम्हारी जमानत कराए और तुम फिर एक नया ड्रामा लेकर आ गए! नकली वोटर खड़े करके चुनाव जीतने की डींगे हाँक रहे हो?”

पर भूपेश सिंह के आत्मविश्वास में कोई कमी नहीं थी। ताल ठोक कर बोला-

“इतना मत डरिए नेताजी! आप हमारी पार्टी की रीढ़ हैं, अगर आप ही घबरा जाएंगे तो कैसे काम चलेगा। हम पर विश्वास कीजिए, अगर आप

चाहते हैं कि राजनीति में कुछ मुकाम बना लिया जाए और हमारी नई-नवेली पार्टी जल्दी से ही राष्ट्रीय स्तर की पार्टी बन जाए, और अगर वाकई आप चीफ़ मिनिस्टर बनना चाहते हैं तो कुछ ना कुछ बवंडर करते रहना ही पड़ेगा। और इस बार जो प्रोग्राम मैं बना रहा हूँ, वह इतना सटीक है कि अगर तीर सही निशाने पर लगा तो हम सबकी बल्ले-बल्ले। आपके पास बेशुमार पैसा है और मेरे पास राजनीति की समझ। आप पैसा लगाइए, मैं दिमाग लगाऊंगा और फिर देखिए देश पर राज आपका होगा और देश चलाएंगे हम।"

"ठीक है तो फिर यह भी बता दो भूपेश कि इस बार तुमने क्या नया कार्यक्रम करने की ठानी है?"

भूपेश सिंह ने अपनी योजना विस्तृत करनी शुरू की- "नेताजी! जनता के लिए सबसे बड़ा मुद्दा है रोटी, पानी, बिजली, रोज़गार, सड़क, स्कूल, अस्पताल वगैरह वगैरह। अब प्रॉब्लम यह है कि यह मुद्दे तो सारी की सारी पार्टियाँ उठा रही हैं, चाहे वह हमारे सहयोगी हों या हमारे विपक्षी। इसलिए यह मुद्दे कौन से निशाने पर जाकर बैठेंगे कहना मुश्किल है। कटे हुए केक के टुकड़े बाँट कर खाने से अच्छा है, अपने लिए केक ही नया मंगवा लिया जाए! एक ऐसी नई जमात खड़ी कर दी जाए जो सिर्फ हमें ही वोट दे।"

नागेंद्र सिंह ने खारिज किया- "अभी भी मुझे समझ में नहीं आया कि तुम किस नकली जमात की बात कर रहे हो, ज़रा खुलकर समझाओ भूपेश।"

अब भूपेश सिंह ने आँखों में आँखें डालकर सीधी बात की- "उत्तर प्रदेश, उत्तराखंड, बिहार, झारखंड, जैसे स्टेट्स के बॉर्डर पर लाखों लोग बैठे हैं, जो दूर रेगिस्तानी देशों के रहने वाले हैं और जिनके पास ना खाने को

रोटी है, ना रहने को घर है। यह अपने-अपने देश से भाग कर यहाँ जमा हुए हैं। और हमारे देश में घुसने के लिए बेचैन है। ज़रा सोचिए नेताजी एक-एक वोट के लिए हम दर-दर की ठोकरें खाते हैं। अगर अलग-अलग बॉर्डर पर जमा हुए इन सारे लोगों को हम अपने स्टेट में बसा लें और इनको वोट का अधिकार दिलवा दें, तो हम अगले पाँच सालों में कहाँ से कहाँ पहुँच जाएंगे। सबसे मज़ेदार बात तो यह है कि न इन सालों को स्कूल चाहिए, ना बिजली चाहिए, ना सड़क चाहिए। बस रहने के लिए एक ठिकाना दे दो, और पेट भरने के लिए राशन दे दो, अपने आप आपकी जेब में आ जाएंगे।"

भूपेश के उकसावे में आकर नागेन्द्र सिंह का चेहरा कुछ दृढ़ तो हुआ पर मन में संशय बना रहा। असमंजस में बोला-

"क्या इससे राज्य की डेमोग्राफी गड़बड़ नहीं हो जाएगी भूपेश? वोट बैंक के लालच में कहीं हम अपने देश को मुसीबत में तो नहीं डाल देंगे?"

भूपेश ने तंज कसा- "अरे छोड़िए नेता जी! कौन सा देश? किसके बाप का देश? जिन लोगों ने धर्म के आधार पर देश का बंटवारा किया था, क्या उन लोगों ने सोचा था कि वो देश के टुकड़े करने के साथ ही एक ऐसा नया दुश्मन पड़ोसी तैयार कर रहे हैं जो हमेशा हमें चोट मारेगा, घाव देगा, आतंकवादी भेजेगा! और जब धर्म के आधार पर देश बाँट ही दिया तो मुसलमानों को इस देश में रहने की इजाज़त देते समय, क्या उन लोगों ने सोचा था कि इससे भविष्य में फिर से नफ़रत और विभाजन का नया दौर पैदा हो सकता है। तो साला हम क्यों सोचें? हमने कोई ठेका ले रखा है, देश की सुरक्षा का झुनझुना बजाने का! अच्छा है! अंग्रेजों का नारा था फूट डालो राज करो! हम भी नारा बना देते हैं - फ़र्जी वोट डलवाओ, राज करो! बाद में जो होगा, सो होगा।"

नागेंद्र सिंह निरुत्तर हो गया। कुछ कहना चाहता था, पर इससे पहले कुछ कह पाता, भूपेश सिंह ने गरम लोहे पर अपनी हथौड़े की चोट फिर मारी-

"आप फिर कुछ सोचने लग गए! चलिए आपको किसी से मिलवाता हूँ।"

कहकर भूपेश सिंह तुरंत उठकर बाहर की ओर गया और एक मुल्ला को समझाते-बुझाते हुए भीतर ला रहा था -

"देखो कादिर भाई, नेताजी ही हमारे सर्वेसर्वा हैं। अगर इनका हाथ तुम्हारे सिर पर पड़ गया तो तुम्हारे सिर पर पक्की छत भी पड़ जाएगी और खाने के लिए राशन का पक्का जुगाड़ भी हो जाएगा। बस नेताजी का आशीर्वाद लो, और अपने लोगों में इनका प्रचार करना शुरू कर दो।"

यह कादिर हमीद था और इसके साथ इसकी छोटी सी बेटी भी आई हुई थी। कादिर ने नागेंद्र सिंह को सलाम किया। लेकिन भूपेश सिंह ने उसकी पीठ पर हल्का हाथ मारा और इशारा मिलते ही वह नागेंद्र के पैरों पर गिर पड़ा। नागेंद्र सिंह ने उसे उठाया और पूछा- "क्या नाम है तुम्हारा?"

"जी कादिर हमीद।"

"क्या करते हो?"

"सब्जी-भाजी बेचकर गुज़ारा कर लेता हूँ। साहब हमारे मोहल्ले में कभी आकर देखिए ना! वहाँ खाने को न दाना है, ना पीने को पानी, सिर पर छत होने की तो बात ही छोड़िए। छोटे-छोटे बच्चे किन हालातों में जी रहे हैं! देख कर किसी को भी तरस आ जाएगा। आप हमारे लिए फ़रिश्ते जैसे हैं। आपसे बहुत उम्मीदें हैं हमें।"

"यह बच्ची कौन है?" - नागेंद्र सिंह ने बच्ची के सिर पर हाथ फिरते हुए पूछा।

"यह मेरी बेटी है नादिरा।"

"बड़ी प्यारी बच्ची है। आओ हमारे पास आओ।"

नागेंद्र ने बच्ची को गोद में बिठाया। और कादिर हमीद से कहा- "ठीक है कादिर, भूपेश तो आप लोगों के संपर्क में बना ही हुआ है, मैं देखता हूँ तुम लोगों के लिए क्या कर सकता हूँ।"

नागेंद्र सिंह की गोद में बैठी हुई बच्ची नादिरा की नज़र दूसरे कमरे में रखे खिलौनों पर पड़ती है। वह गोद से उतरकर दौड़कर खिलौनों से खेलने दौड़ पड़ती है। वहाँ प्रबल पहले से बैठा उन खिलौनों से खेल रहा था। नादिरा को देखते ही उसने एक खिलौना उसकी ओर बढ़ाया। नादिरा ने खिलौना ले लिया, दोनों साथ में खेलने लग गए और कुछ देर बाद साथ हँसी ठिठोली भी करने लगते हैं।

इधर कादिर हमीद एक बार फिर नागेंद्र सिंह के पैरों पर गिरता है। नागेंद्र सिंह उसे उठाता है-

"ठीक है, ठीक है, कादिर! अभी तुम जाओ। मैं देख लूंगा।"

कादिर हामिद अपनी बेटी को आवाज़ लगाता है किंतु नादिरा, प्रबल के साथ खिलौनों से खेलने में मगन थी। नागेंद्र सिंह कादिर से कहता है-

"बच्ची खेलना चाहती है तो उसे खेल लेने दो। शाम को मैं खुद तुम्हारे मोहल्ले तक छुड़वा दूंगा।"

और कादिर हमीद चला गया। उसके जाते ही भूपेश ने फिर नागेंद्र सिंह को शीशे में उतरना शुरू किया-

"नेपाल बॉर्डर से चोरी-छिपे घुसकर रह रहा है यह और इसका परिवार। खुली फील्ड है नेताजी। अभी पूरी आबादी का सिर्फ दो परसेंट है, इसलिए किसी पार्टी का ध्यान नहीं है इनकी तरफ़। लेकिन हम उड़ती हुई चिड़िया के पर गिन लेते हैं, एक-एक वोट की कीमत पहचानते हैं,

इसलिए कह रहे हैं कि इन लोगों के फ़र्ज़ी वोटर कार्ड और आधार कार्ड बन गए, तब सोचो, पाँचो उंगलियाँ घी में और सिर कढ़ाई में।"

आखिर में लगभग नागेंद्र हारते हुए बोला- "ठीक है भूपेश तुम जैसा करना चाहो करो। यह वाला वोट बैंक तुम संभालो।"

भूपेश खुशी से उछला- "बस इसी क्षण का तो हमको इंतजार था नेताजी! अब आप देखिए, हम पार्टी को कहाँ से कहाँ पहुँचाते हैं।"

नागेंद्र सिंह नया प्रश्न उठाया -"पर भूपेश यह तो लॉन्ग टर्म प्लान है। इनके वोट लेकर सत्ता मिलेगी, नहीं मिलेगी? मिलेगी तो कब तक मिलेगी? यह सब लंबे सवाल हैं, दूर की कौड़ी है। कोई ऐसा प्लान बनाओ कि अगले इलेक्शन में ही सरकार बनकर खड़ी हो जाए।"

"प्लान तो है नेताजी और जबरदस्त प्लान है। स्वामी धर्मानंद जी का आश्रम! स्वामी धर्मानंद के आश्रम में रोजाना पचास हज़ार से ज़्यादा लोग आते हैं और दस लाख से ज्यादा लोग टीवी पर लाइव उनकी कथा सुनते हैं। और अगर अपने ही स्टेट की बात करूँ तो कम से कम तीस-पैंतीस परसेंट लोग तो सिर्फ उनके कहने पर आँख मूंद कर हमें वोट दे देंगे। तो क्यों ना स्वामी धर्मानंद जी को पटा लिया जाए।"

अब नागेंद्र सिंह ने सहमति में गर्दन हिलाते हुए कहा- "हाँ! यह बात हमें तुम्हारी समझ में आई! लेकिन स्वामी धर्मानंद के बारे में सुना है कि बहुत ही कट्टर किस्म का धार्मिक व्यक्ति है और किसी भी तरह की राजनीति से अपने को दूर रखता है। तो क्या वह हमारे लिए चुनाव प्रचार करेगा?"

भूपेश सिंह लापरवाही से बोला- "नेताजी.... ना धर्म बड़ा, ना जात; सबसे बड़ी पैसे की बात! पार्टी फंड में से लाख रुपए उठाकर दान-दक्षिणा में दे दो! बाबा जी आपके लिए वोट मांगना तो छोड़िए, आपके कार्यकर्ता बन

जाएंगे। पैसे के आगे हमने अच्छे-अच्छे धर्म-गुरुओं को बिकते हुए देखा है।"

अब नागेंद्र सिंह को भी जोश आ गया- "ठीक है तो कल हम स्वामी धर्मानंद के आश्रम में जाएंगे और दस लाख रुपए का एक चेक दान में दे आएंगे।"

"अरे वाह! उसके बाद तो बाबा जी को हमारा समर्थन करना ही पड़ेगा।"

और स्वामी धर्मानंद को राजनीतिक फायदे के लिए इस्तेमाल करने की योजना बन गई

अपना घर छोड़कर आश्रम में ही बस जाने वाला बालक गोवर्धन शास्त्री, अब स्वामी धर्मानंद की हर धार्मिक कथा में उनके बराबर ही बैठता और कभी भजन पर हारमोनियम, तो कभी तबला बजाता। आज भी स्वामी धर्मानंद भजन गा रहे थे और गोवर्धन समेत सभी कलाकार अपने-अपने वाद्य यंत्र बजा रहे थे।

नवरात्र प्रारंभ हो चुके थे। आश्रम में माँ दुर्गा का विधिवत पूजा-सत्कार हुआ। और पूजा और भजन पश्चात् भंडारे की व्यवस्था आश्रम से ही हो रखी थी। स्वामी जी का विनम्रता पूर्वक बस एक ही कथन था -

"जो भी पैसा दान पेटी में आप लोग देते हैं, वह पैसा गरीब बच्चों के भोजन-पानी की व्यवस्था में खर्च होता है। उस पैसे से गौशालाओं में गऊ माता के भोजन और उपचार की व्यवस्था होती है और यह हमारा स्वप्न भी है और प्रण भी है कि हम मनुष्य की सेवा के लिए विद्यालय, अस्पताल, अनाथाश्रम, वृद्धाश्रम आदि बनाएँ। किंतु सबसे पहले यह दान-धन माँ भगवती को चढ़ेगा इसलिए मैं आप सभी भक्तजनों से यह

आग्रह करुंगा कि दान देने से पहले यह सुनिश्चित कर लें कि क्या आपका धन शुद्ध है! इसमें कोई हेर-फेर, कोई भ्रष्टाचार, कोई चोरी-चकारी या किसी का शोषण करके कमाया हुआ धन तो नहीं है। यदि है, तो कृपा कर उसे दान पेटी में डालने का पाप न करें। और यदि दान देने की प्रबल इच्छा है, तो परिश्रम से सत्कर्म करें ; सत्कर्म और परिश्रम से कमाया हुआ धन माँ दुर्गा सहर्ष स्वीकार करेंगी, और उसका सौ गुना धन आप पर आशीर्वाद के रूप में बरसाएंगी।"

स्वामी जी के ऐसा कहने के बाद बहुत से लोग पीछे हट गए और बहुत से लोग, "जय माता दी" का जयकारा करते हुए दान पेटी में पैसे डालने लगे। दान पेटी में रुपया जा रहा था और भक्त प्रसाद ले रहे थे कि तभी स्वामीजी की नज़र नागेंद्र सिंह पर पड़ी जो अपने हाथ में एक चेक लेकर दान पेटी की ओर बढ़ रहा था। स्वामी जी ने ऊँचे स्वर में टोका-

"तुम नहीं नागेन्द्र सिंह, तुम नहीं। हमारे इस आश्रम को तुम्हारे धन की आवश्यकता नहीं है।"

नागेन्द्र सिंह आश्चर्यचकित होते हुए बोला - "क्यों क्या खराबी है महाराज?"

"दान पेटी को मेहनत और ईमानदारी से कमाए हुए धन की आवश्यकता है। तुम्हारा धन भ्रष्टाचार से कमाया हुआ है। पवित्र धन से बना हुआ प्रसाद सुख-समृद्धि, स्वास्थ्य और सौभाग्य में वृद्धि करता है। भ्रष्टाचार के धन से बनाया हुआ प्रसाद, पाप, शाप, उन्माद और रोग का कारण बनता है। जनता तुम्हें तुम्हारी योग्यता के आधार पर जनमत से अपना नेता चुन सकती है, पर तुम घोटाले और भ्रष्टाचार से धन उगाही करने में लगे हो, और तुम यहाँ दान-पेटी में दान देने आए हो! इसके पीछे तुम्हारी दानवीरता नहीं बल्कि वोट लोलुपता है। तुम इस आश्रम में उपस्थित इन

हजारों श्रद्धालुओं को अपने लिए एक वोट बैंक के रूप में इस्तेमाल करने की नीयत से यहाँ आए हो। तुम्हें क्या लगा? क्या हम कुछ समझते नहीं है!"

नागेन्द्र ने गुस्से में उत्तर दिया - "आप एक धर्म गुरु हैं। आपका काम है- कथा कहिए और भजन गाइये। राजनीतिक पचड़ों में आपकी इतनी दिलचस्पी से हमें शक होने लगा है कि आप वाकई में धर्मगुरु हैं या धर्म की आड़ में कोई एजेंडा चला रहे हैं! मुझे माँ के दरबार में आने से रोकने वाले आप होते कौन हैं?"

स्वामी जी ने विनम्रता में उत्तर दिया- "मैं कौन होता हूँ तुम्हें माता के दरबार में आने से रोकने वाला? तुम माँ के दरबार में आ सकते हो क्योंकि तुम माँ की संतान हो। यदि तुम्हें अपने अपराध का बोध हो, तो तुम माँ से क्षमा मांग सकते हो। माँ परम दयालु है, तुम्हें अवश्य क्षमा करेगी। पर तुम्हारे धन के लिए माँ के दरबार में कोई पेटी नहीं बनी है।"

नागेंद्र सिंह के स्वाभिमान को चोट पड़ी। अहंकार का राक्षस अपनी टेक पर अड़ गया। वह अपनी दक्षिणा और चढ़ावा लेकर आगे बढ़ा।

पंडित गोवर्धन लाल ने फिर चेताया - "रुक जाओ नागेन्द्र सिंह। मैं वचनबद्ध हूँ, न पाप की रोटी खाऊंगा, न भगवान को चढ़ाऊंगा। तुम पर कई घोटालों के आरोप हैं, पहले आरोप मुक्त हो जाओ, फिर माता को चढ़ावा चढ़ा देना।"

पर नागेंद्र सिंह भी कहाँ झुकाने वाला था! उसने प्रतिकार किया-

"तुम धर्म के ठेकेदार बनने की कोशिश मत करो स्वामी जी, हमारे धन को पाप का धन कहने से पहले अपने कर्म भी देख लो, ज़रूरी नहीं कि तुमने पूरी जिंदगी सिर्फ पुण्य ही किए हों! कभी तो एक रुपया तुमने भी गलत तरीके से उठाया होगा। चोरी चाहे मेरे लाख रुपयों की हो, या

तुम्हारे एक रुपए की, चोरी.. चोरी होती है। ऐसे में माँ भगवती किसे सज़ा देगी और किसे क्षमा करेगी, इसका दावा तुम कैसे कर सकते हो?"

स्वामी धर्मानंद ने ऊँचे स्वर में प्रतिकार किया-

"नागेन्द्र सिंह, अगर मैंने कभी चोरी का एक रुपया भी माता के दरबार से चुराया होगा, या माता को चढ़ाया होगा, तो माँ भगवती मेरा सर्वनाश कर दे। ईश्वर के दरबार में न्याय होने में देर हो सकती है, पर जगत् जननी माँ के घर न देर हो सकती है और न ही अंधेर। इसलिए मैं फिर चेतावनी देता हूँ; अपनी पाप की कमाई से माता की दान-पेटी को मैला मत करो। जाओ जाकर परिश्रम करो, मेहनत की एक कौड़ी ले आओ और माता के चरणों में समर्पित कर दो और विश्वास रखो कि उस एक कौड़ी के बदले वह तुम्हारे लिए अपने खजाने खोल देगी, इतना मालामाल कर देगी कि तुमसे वह धन संभाला नहीं जाएगा।"

इतना सुनना था कि एक आदमी पीछे से आकर कुछ पैसे दान पेटी में डालते हुए बोला- "मेरी ईमानदारी की भेंट स्वीकार करो माता। बेईमानों का सर्वनाश करो माता।"

लोगों का तांता लग गया - "मेरी ईमानदारी की भेंट स्वीकार करो माता।"

हर ओर यह शंखनाद सा गूंज गया और लोग बढ़-चढ़कर दान-पेटी में चंदा देने लगे।

नागेन्द्र सिंह से यह बर्दाशत नहीं हो पाया, और वह ज़ोर से गरजा - "माता की भक्ति और उसके प्रसाद पर सबका हक है।"

और उसने अपनी श्रद्धा से दान पेटी में दस लाख रुपए का अपना चेक डाल दिया।

"और स्वामी धर्मानंद के आगे हाथ जोड़ कर प्रसाद का डिब्बा लेकर खड़ा हो गया खड़ा। स्वामी धर्मानंद ने हारते हुए डिब्बा नागेंद्र सिंह के

हाथ से लिया, माता को चढ़ाया और प्रसाद नागेन्द्र सिंह को दे दिया। नागेन्द्र सिंह ने सिर उठाकर इधर से उधर देखा। सब लोग उसके चेहरे को तिरस्कृत भाव से देख रहे थे। क्रोध, शर्म और ईर्ष्या के भावों से भरा नेता उस आश्रम से चला गया।

जिस समय स्वामी धर्मानंद जी और विधायक नागेन्द्र सिंह के बीच यह तीक्ष्ण वाद-विवाद हुआ, उस समय वहाँ गोवर्धन और प्रबल, दोनों मौजूद थे। अपने पिता का अपमान देख कर प्रबल वहाँ से चला गया। गोवर्धन दौड़कर उसके पीछे चला और ज़ोर की आवाज़ लगाई - "प्रबल।"

गोवर्धन की आवाज़ सुनकर प्रबल रुका।

"आज इतनी जल्दी क्यों जा रहा है? खेलेगा नहीं।"

"खेलूंगा! लेकिन इस आश्रम में नहीं। जिस जगह पर मेरे पापा की इंसल्ट हुई है, वहाँ अब कभी नहीं आऊंगा। और ना ही किसी ऐसे इंसान से दोस्ती रखूंगा जो स्वामी धर्मानंद के साथ रहेगा। तुझे मेरे साथ खेलना है तो तू मेरे घर आकर खेलेगा और हमेशा मेरे साथ रहेगा, मेरा भाई बनकर, हमारे ही घर पर। मैं पापा से बात करूंगा, छोड़ इस आश्रम को और चल मेरे घर।"

"अगर बात सिर्फ खेलने आने की है तो मैं रोज तेरे घर आकर खेलने को तैयार हूँ, लेकिन तेरे घर पर हमेशा के लिए रहना तो दूर, मैं तेरे घर का पानी भी नहीं पियूंगा, तेरे घर की एक रोटी भी मैं नहीं खाऊंगा क्योंकि उसमें तेरे पापा के भ्रष्टाचार की बू है।"

"तू बाप का द्रोही हो सकता है गोवर्धन, लेकिन मैं नहीं! चाहे कितनी भी मुश्किलें क्यों ना आएँ, मैं धर्म छोड़ दूंगा, देश छोड़ दूंगा, दुनिया छोड़ दूंगा,

लेकिन जिस पिता ने मुझे जन्म दिया है, उसे कभी नहीं छोड़ूंगा और आज से मैंने तुझे छोड़ दिया।"

प्रबल सिंह चला गया और फिर पलटकर दोबारा आश्रम नहीं आया।

नागेंद्र सिंह अपनी आराम कुर्सी पर बैठा हुआ था। चेहरा क्रोध में तमतमाया हुआ था। भूपेश सिंह समेत कुछ युवा कार्यकर्ता उसके इर्द-गिर्द खड़े थे। भूपेश सिंह निराशा के आवेग में बड़बड़ा रहा था- "यह तो बहुत गलत हो गया नेताजी! जिस समय स्वामी धर्मानंद जी ने आपको मना कर दिया था कि दान-पेटी में पैसे मत डालो, तो आपको नहीं डालने चाहिए थे। अगर आप वहाँ से चले आते तो यह आपकी विनम्रता होती और स्वामी धर्मानंद शर्मिंदा हो जाते, लेकिन अब मामला बिगड़ गया है।"

एक युवा नेता ने भूपेश सिंह को शांत करने की कोशिश की- "अरे शांत हो जाओ भूपेश भैया! नेता जी को पता थोड़े ही था कि स्वामी जी इस तरीके से अड़ जाएंगे वरना वहाँ जाते ही नहीं।"

"अरे जाते क्यों नहीं??? जाना तो जरूरी था! अगर पार्टी को बड़ा करना है, तो स्वामी धर्मानंद का आशीर्वाद और उनके लाखों भक्तों के वोट लेने जाना जरूरी था। पर नेताजी नहीं जाते; किसी ऐसे आदमी को भेज देते जिसकी इमेज साफ सुथरी हो। सारे गुड़ का गोबर हो गया। मालूम है क्या हस्ती है यह स्वामी धर्मानंद? हमारे देश के राष्ट्रपति और प्रधानमंत्री तक उनके आगे नाक रगड़ कर आशीर्वाद लेने जाते हैं। अमेरिका और यूरोप की बड़ी-बड़ी मल्टीनेशनल कंपनियों के मालिक भी उनके आगे सिर झुकाते हैं। उनके बारे में कहा जाता है कि उनका आशीर्वाद और

श्राप दोनों कभी खाली नहीं जाते। दूर-दराज के गाँव वाले उन्हें भगवान् मानकर उनकी पूजा करते हैं।"

भूपेश सिंह की यह सारी बातें सुनकर नागेंद्र का पारा चढ़ गया। ज़ोर से चिल्ला कर बोला-

"बकवास बंद करो भूपेश! तुम उस स्वामी धर्मानंद के आशीर्वाद की बात करते हो और मैं उसे मारने-काटने की सोच रहा हूँ। टुकड़े-टुकड़े कर डालूंगा उसके; आज ही रात को गुंडे भेज कर मरवा दूंगा साले को। साला, पाखंडी खुद है और भ्रष्टाचारी मुझे कहता है।"

भूपेश सिंह घबरा जाता है और तुरंत नागेंद्र सिंह को समझने की कोशिश करता है-

"ऐसा कुछ मत करिएगा नेताजी! आपके आगे एक बहुत बड़ा फ्यूचर है। अभी आपको विधानसभा का चुनाव लड़ना है; चीफ मिनिस्टर बनना है, और कौन जाने कल को आप प्राइम मिनिस्टर भी बन सकते हैं। दूर की सोचिए नेताजी।"

भूपेश सिंह की बात सुनकर नागेंद्र सिंह का क्रोध कुछ शांत हुआ भूपेश सिंह को फिर कुछ सूझा, धीरे से मशविरा दिया-

"सुमन भाभीजी, आपकी धर्मपत्नी भी तो धर्मानंद जी की बहुत बड़ी भक्त हैं। (खुशी से उछलते हुए) अरे वाह! बढ़िया आईडिया आया है दिमाग में; अगर भाभी जी आश्रम में जाकर कुछ दिन स्वामी जी की सेवा करें और उनसे प्रार्थना करें कि मेरे पति को क्षमा कर दें और सम्मान के साथ आपको अपने आश्रम में बुलाएँ तो मामला संभल सकता है। नेताजी एक बार भाभी जी से बात करिए।"

अभी यह बातें हो ही रही थी कि मोबाइल में घंटी बजी। नागेन्द्र सिंह ने फोन उठाया और कान से लगाया-

"हैलो।" दूसरी ओर से कुछ सुनकर- "हाँ, हम ही बोल रहे हैं नागेंद्र सिंह, बताइए क्या काम है?"

अपनी पत्नी और माँ के एक्सीडेंट की खबर सुनकर वह अवाक् ज़ोर से चिल्लाया -

"क्या? क्या हुआ सुमन को? (फिर कुछ सुनकर) कौन से हॉस्पिटल में हैं?"

वह तुरंत उठकर बाहर गाड़ी की ओर भागा। भूपेश सिंह समेत दूसरे आदमी उसके पीछे-पीछे। सभी लोग सीधे अस्पताल पहुँचे। नागेन्द्र की पत्नी को स्ट्रेचर पर ले जाया जा रहा था। इससे पहले नागेन्द्र सिंह कुछ भी पूछ पाता, डॉक्टर ने सीधे कहा-

"ब्रुटल कार एक्सीडेंट हुआ है। आपकी माताजी और ड्राइवर, दोनों की ऑन द स्पॉट ही डेथ हो गई थी। और आपकी पत्नी का भी बहुत खून बह चुका था। ब्लड ग्रुप काफी रेयर था सर। जितना हमारे पास था, सब चढ़ा दिया, लेकिन यह बहुत कम था। बताते हैं कि, करीब एक घंटे तक एक्सीडेंट स्पॉट पर तड़पती रही। अगर समय रहते हॉस्पिटल पहुँच गयी होती तो शायद बच जातीं।"

नागेंद्र सिंह सुन्न सा हो जाता है, उसकी आँखें निर्जीव सी और साँसें रुकी रह जाती है और स्वामी धर्मानंद के तेज वचन उसके कानों में गूंजने लगते हैं-

"अगर मैंने कभी चोरी का एक रुपया भी माता के दरबार से चुराया होगा, या माता को चढ़ाया होगा, तो माँ भगवती मेरा सर्वनाश कर दे। ईश्वर के दरबार में न्याय होने में देर हो सकती है, पर जगत जननी माँ के घर न देर हो सकती है और न ही अंधेर। इसलिए मैं फिर चेतावनी देता हूँ; अपनी पाप की कमाई से माता की दान-पेटी को मैला मत करो।"

लुटा-पिटा नागेन्द्र सिंह अस्पताल से बाहर आया। उसकी पार्टी के नेता, कार्यकर्ता और समर्थक उसे घेर लेते हैं। सब दुखी थे, सब उसे सांत्वना देने आए थे- "हिम्मत रखिए नेताजी। वक्त के साथ सारे घाव भर जाएंगे। भगवान की मर्जी के आगे किसका वश चलता है।"

नागेन्द्र सिंह के कानों में गूंजने लगी स्वामी धर्मानंद की वही चेतावनी - "मैं फिर चेतावनी देता हूँ अपनी पाप की कमाई से माता की दान पेटी को मैला मत करो। जाओ जाकर परिश्रम करो, मेहनत की एक कौड़ी ले आओ और माता के चरणों में समर्पित कर दो।"

एक क्षण उसे ऐसा लगा जैसे स्वामी धर्मानंद ज़ोर-ज़ोर से राक्षसी अट्टहास कर रहा है। वह जहाँ देखता है, हर ओर उसे हँसता, अट्टहास करता स्वामी धर्मानंद दिखाई देता है। नागेंद्र अपना सिर पकड़कर आँखें बंद कर लेता है और चक्कर खाकर वहीं गिर पड़ता है। बालक प्रबल सिंह "पापा....पापा" चिल्लाते हुए उसके पास रोने लगता है। एक व्यक्ति प्रबल सिंह को गोद में उठा लेता है।

श्मशान घाट में नागेन्द्र सिंह की पत्नी और माँ की चिता जल रही थी और बहुत सारे राजनीतिक लोग दाह संस्कार में जमा हुए थे। प्रबल सिंह भी श्मशान घाट पर मौजूद था और सिसक-सिसक कर रो रहा था। दाह संस्कार पूर्ण हुआ तो गाड़ी में कुछ लोग दोनों बाप-बेटे को घर तक छोड़ने आए।

घर के कोने-कोने में उसे अपनी पत्नी घर में चहलकदमी करती हुई दिखाई दे रही थी। पूरी तरह टूट चुका, पर क्रोधाग्नि में जलता, नागेन्द्र सिंह घर के मंदिर में पहुँचा, कुछ देर तक भगवान की मूर्तियों को घूरता

रहा और फिर जितनी भी मूर्तियाँ और तस्वीरें लगी हुई थी सब तोड़-फाड़ डालीं। घर की एक दीवार में ही स्वामी धर्मानंद की एक बड़ी सी तस्वीर लगी हुई थी, उसने वह तस्वीर उठाई और उसे पटक पटक कर पैरों से कुचल कुचलकर तोड़ने फाड़ने लगा और और ज़ोर ज़ोर से चिल्ला कर रोने लगा। उसे देखकर बेटा प्रबल भी रोने लगा और रोते हुए अपने पिता लिपट गया। नागेंद्र ने बेटे को कसकर अपने सीने से चिपका लिया। उसे अपनी पत्नी के साथ का एक वाकया याद हो आया। जब एक दिन उसकी पत्नी कहीं से आई और घर में पहले से ही बैठे नागेन्द्र सिंह को देखकर चौंक उठी - "अरे आप कब आए?"

"मुझे तो एक घंटे से ऊपर हो गया है पर तू कहाँ थी? कितना इंतजार करवा दिया।"

"मैं स्वामी धर्मानंद जी के आश्रम में गई थी। आज सत्संग में जो भीड़ उमड़ी थी और बाबा की जो जय-जयकार हो रही थी उसे आप देखते, तो आप भी मेरी तरह बाबा के सच्चे भक्त हो जाते।"

"अरे क्यों इन बाबाओं के चक्कर में पड़ती है तू। देख नहीं रही है कि कितने ढोंगी, पाखंडी साधू लोग रोजाना पकड़े जा रहे हैं। और शादीशुदा औरतों से लेकर नाबालिग बच्चियों तक के रेप के इन लोगों के ऊपर मुकदमे चल रहे हैं।"

"ऐसा मत बोलो स्वामी जी के बारे में। पता है किसी बड़े देवता का वास है उनमें। जो बोलते हैं, वह सच हो जाता है। दान-दक्षिणा लेते नहीं, रूखा-सूखा खाते हैं और वही अपने परिवार को भी खिलाते हैं। बड़े प्यारे बच्चे हैं उनके। मेरा बड़ा मन करता है कि अच्छे-अच्छे कपड़े दूँ बच्चों को, पर स्वामी जी हैं, कि साफ़ मना कर देते हैं। कहते हैं, (स्वामी धर्मानंद की सौम्य आवाज़ निकालती है) "यदि मुझमें सामर्थ्य हुई तो मैं अपने परिवार

का पोषण स्वयं कर लूंगा। तुम सिर्फ मेरे विचारों को सुनो और उन्हें अपने जीवन में उतारने का प्रयत्न करो।" और ऐसा कहकर वह ज़ोर-ज़ोर से हँसने लगी। उसकी यह हँसी नागेन्द्र सिंह के कानों में गूंजने लगी।

रात गहरा चुकी थी। नागेन्द्र सिंह अपने घर पर अपनी आराम कुर्सी पर बैठा हुआ था। कुर्सी हिलते-डुलते आगे पीछे झूल रही थी। सामने मेज़ पर पंडित गोवर्धन लाल की फोटो रखी हुई थी और उस फोटो में एक बड़ा धारदार चाकू गड़ा हुआ था। थोड़ी देर में वहाँ एक जल्लाद जैसा लगने वाला लंगोटी पहने एक भयानक सा आदमी आता है।

"नेताजी को प्रणाम। किसको मारना है?"

नागेन्द्र सिंह ने तस्वीर की ओर इशारा किया। जल्लाद ने फोटो उठाई, एक नज़र डाली और माफी मांगते हुए बोला - "माफ़ करिए साहब, किसी का भी खून करवा लो, पर इस आदमी को मारने की हिम्मत मुझ में नहीं है।"

"क्यों?"

"लोगों को मारने का काम मैं अपने बच्चे पालने के लिए करता हूँ। इस आदमी को मारने का शाप मेरे बच्चों के साथ-साथ आने वाली सात पीढ़ियों को बर्बाद कर देगा। मुझे माफ करिए।"

नागेन्द्र सिंह ने उसे जाने का इशारा किया और वह चला गया।

इसी आराम कुर्सी पर बैठे-बैठे नागेंद्र के सामने एक के बाद एक सुपारी लेकर हत्या करने वाले कई हत्यारे आते हैं और अपने अपने तरीके से पंडित गोवर्धन लाल की हत्या के लिए मना कर देते हैं। एक ने कहा - "कमाल है नेताजी, जिस आदमी को एक बारह साल का बच्चा भी मार

सकता है, उसे मारने के लिए मुझे क्यों बुला रहे हैं। ये अपने स्टेंडर्ड का काम नहीं है। सॉरी इस बार आपको मना करना पड़ रहा है।"

एक अन्य बोला - "आपके कहने पर मैंने पहले भी कई लोगों को टपकाया है, पर इस पंडित को नहीं मार सकता। मेरी माँ इसकी पूजा करती है, कहती है यह कलयुग का अवतार है।"

एक अन्य बोला - "इसको मारकर आपको क्या मिल जाएगा। आपकी माँ और पत्नी तो पहले ही मर चुके हैं, इसको मार कर आप और ज्यादा कंगाल हो जाएंगे, जो आपके पास बचा है वह भी चला जाएगा। जबकि स्वामी धर्मानंद हमेशा के लिए अमर हो जाएगा।"

कुल मिलाकर किसी भी अपराधी ने पंडित गोवर्धन लाल शर्मा को मारने में असमर्थता जता दी। और जलकर कोयला हो चुका नागेन्द्र सिंह अब ईर्ष्या की अग्नि में लगभग खाक हो चुका था। "आह..ऽ..ऽ..ऽ..ऽ..वह पागलों की तरह अपने गाल नोंचने लगा।

नागेंद्र सिंह पागल होता जा रहा था पर स्वामी धर्मानंद का प्रताप बढ़ता जा रहा था। अलग-अलग विद्यालयों के बहुत सारे बच्चे और अध्यापक सभी आज जमा थे आश्रम में, और स्वामी धर्मानंद उन बच्चों और अध्यापकों को प्रवचन देते हुए कह रहे थे-

"हम सब का जीवन प्रकृति का ऋणी है। यदि हवा अपना प्राण वायु खींच ले, जल अपना जीवन खींच ले, जड़ी बूटियाँ और वनस्पति अपना औषधीय गुण खींच लें, तो हमारा जीवन पल भर में समाप्त हो जाएगा। तो यह हमारा भी कर्तव्य है कि हम प्रकृति के प्रति अपना आभार व्यक्त करें। इसलिए कल से जितने भी विद्यालय में पढ़ने वाले बच्चे हैं, सब

नदी की सफ़ाई करेंगे। ऐसा करके हम जीवनदायिनी नदी के प्रति अपना आभार व्यक्त कर पाएंगे।"

हर ओर "स्वामी धर्मानंद की जय" के नारे लगने लग जाते हैं।

........अगले दिन बच्चों के साथ-साथ स्थानीय लोग भी नदी में से कूड़ा कचरा अनावश्यक वस्तुओं को निकालने निकाल कर नदी को स्वच्छ करने के काम में लग गए।

यह सारा घटनाक्रम नागेंद्र सिंह को पूर्णतया पागल कर देने के लिए काफी था। वह हार तो गया, पर उसने हार मानी नहीं। स्वामी धर्मानंद को खत्म करने का एक अचूक बाण अब भी उसके तूणीर में था और अब उसने इसी का इस्तेमाल करने की ठानी। शाम गहरी हो गई थी। नागेन्द्र सिंह अपनी आराम कुर्सी पर बिल्कुल उसी मुद्रा में आँखें बंद किए बैठा था। किसी के कदमों की आहट से नागेन्द्र सिंह की आँख खुलती है।

"आओ लताबाई, आज बहुत शिद्दत से याद आई तुम्हारी।"

"मुझे मालूम है नेताजी जी, तुम्हारी घरवाली गुज़र गई है। मुझे अक्सर वही लोग याद करते हैं, जिनकी बीवी या तो गुजर जाती है, या भाग जाती है।"

"नहीं आज मैंने तुम्हें अपने लिए नहीं बल्कि ऐसे आदमी के लिए बुलाया है, जो अपने बीवी-बच्चों के साथ ही रहता है, पर उसकी वजह से मेरी बीवी और माँ गुज़र गयी। (लताबाई कुछ समझने की चेष्टा करती है, नागेन्द्र सिंह बोल पड़ता है) उसके पास जा, और उसको नंगा करके वीडियो बना। बहुत दिनों से किसी साधु की कोई ब्रेकिंग न्यूज़ नहीं देखी।" उसने स्वामी धर्मानंद की फोटो लताबाई की ओर बढ़ा दी। स्वामी धर्मानंद का फोटो देखकर लताबाई सिहर गई और फोटो हाथ से

फेंक दिया। बोली- "अरे राम-राम चौधरी जी ! कोई और कुछ काम करवा लो, पर यह काम न करवाओ। पाप से भरी हुई जिंदगी है मेरी। ऐसा महात्मा, जिसने कभी कोई पाप नहीं किया, उसे क्यों इस दलदल में धकेलते हो?"

इस बार नागेन्द्र सिंह बोला- "उस पंडित को इस दलदल में खींच ले, मैं तुझे हमेशा के लिए इस दलदल से बाहर निकाल दूंगा। इतना पैसा दूंगा कि फिर तुझे ये धंधा करने की ज़रूरत नहीं पड़ेगी। कहीं दूर आराम की जिंदगी बसर कर लेना। पैसा मिलता रहेगा।"

नागेन्द्र ने नोटों और सोने-चांदी से खचाखच भरी हुई एक अलमारी खल दी। इतनी दौलत देखकर लताबाई की आँखें चौंधियाँ गई। वह भावुक होकर बोली -

"तुम साधु को इस दलदल में घसीटना चाहते हो और मैं हमेशा के लिए इस दलदल से निकलना चाहती हूँ। तो सौदा पक्का, तुम मेरा ब्याह साधु महाराज के साथ करा दो" (नागेन्द्र आश्चर्य से लताबाई की ओर देखता है) वह आगे कहती है- "एक वेश्या के साथ ब्याह करके साधू डूब जाएगा और साधू के पैर की धूल से अपनी मांग भर कर, वेश्या हमेशा के लिए तर जाएगी। और इस काम के लिए आपको ये दौलत भी खर्च नहीं करनी पड़ेगी, उल्टा मेरे पास जो है, वो भी ले लो।"

नागेन्द्र सिंह सिर झुकाए परास्त होकर बैठ गया। लताबाई चली गई। लताबाई के जाने के बाद नागेन्द्र सिंह उठा, अलमारी की ओर बढ़ा, सारी दौलत पर एक नज़र डाली और फिर सब-कुछ निकाल-निकाल कर फेंकने लगा। पागलपन फिर एक बार सिर पर सवार हुआ और वह ज़ोर से रोता-चिल्लाता, सारी धन-दौलत पर लातें मार-मारकर पूरे कमरे में बिखरा देता है। किसी पागल हो चुके हाथी की तरह जो कुछ भी सामने

आए उसे नष्ट कर देने का जुनून उसके सिर पर सवार हो गया था। चाकू निकाला और स्वामी धर्मानंद की तस्वीर पर एक पल में सैकड़ों वार कर डाले और ठहाके मारकर हँसने लगा और हँसते-हँसते गिर गया।

२.

समय का चक्र दौड़ा और बीस वर्ष आगे चला गया। बालक गोवर्धन शास्त्री जवान हो गया। स्वामी धर्मानंद स्वर्ग सिधार चुके थे। आश्रम में उनकी एक विशाल प्रतिमा स्थापित की गई थी। जिसे नित्य स्नान और माल्यार्पण कराया जाता था। धर्मानंद जी की पत्नी स्वामिनी भी इस संसार में नहीं रही और उनकी भी एक प्रतिमा देवी माँ के बराबर में ही स्थापित की गई थी। गोवर्धन ने पढ़ाई पूरी की। पढ़ाई पूरी होने के बाद गोवर्धन के मित्र विष्णु के साथ आश्रम के सभी साथियों और सेवादारों ने गोवर्धन के सामने प्रस्ताव रखा-

"गोवर्धन महाराज इसमें तो कोई मतभेद नहीं; सब इस बात को जानते हैं और तुम भी जानते हो कि स्वामीजी की अंतिम इच्छा यही थी कि उनके बाद तुम ही उनके उत्तराधिकारी बनो और आश्रम का कार्यभार संभालो और धर्म का ज्ञान भी तुम हम सबसे अधिक रखते हो, इसलिए इस खाली पड़े धर्म के आसन को संभालने का समय अब आ चुका है।" (ऐसा प्रस्ताव कर विष्णु ने सब की ओर देखते हुए पूछा) - क्यों भाई, किसी को कोई आपत्ति तो नहीं?"

सभी साधु और सेवादार एक स्वर में बोले - "नहीं.... नहीं, आपत्ति होने का प्रश्न ही नहीं है। स्वर्गीय महाराज जी की अंतिम इच्छा हमारे लिए ईश्वर के आदेश जैसा ही है।"

गोवर्धन ने भाव विभोर होकर विनम्रता से कहा- "आप सभी का बहुत-बहुत धन्यवाद। बहुत ही कठिन उत्तरदायित्व आपने हमारे कंधों पर

डाला है। ईश्वर से बस यही प्रार्थना है कि कर्तव्य-पथ पर चलते हुए कहीं मैं मार्ग से भटक न जाऊँ, धर्म-सेवा में कहीं कोई चूक ना हो जाए।"

गोवर्धन शास्त्री की ताजपोशी होती है और वह आश्रम में धर्म-गुरु के पद पर आसीन होता है। हर ओर ज़ोरदार स्वागत होता है। सारे भक्त धूमधाम से उत्सव मनाते हैं। नाचते हैं, गाते हैं, गुलाल उड़ाते हैं। और इन्हीं में नाच रही थी, एक सुंदर सी कन्या जिसकी अवस्था करीब चौबीस-पच्चीस वर्ष के आसपास होगी। उसने कविता रची, कविता को लयबद्ध गाया और लय पर ऐसा थिरकी कि हर कोई मंत्रमुग्ध होकर रह गया। कविता भी जो उसने रची थी, वह क्या थी - गोवर्धन शास्त्री की स्तुति थी, उसके रूप का, गुण का, उसके आकर्षक चेहरे का, उसके वज्र जैसे कठोर शरीर और कोमल हृदय का महिमा मंडन था।

समारोह सम्पन्न हुआ और धर्म-गुरु के रूप में गोवर्धन की पद प्रतिष्ठा हो गई। बड़ी-बड़ी फूल-मालाएँ उसे पहनाई गई। लोग उसे प्रणाम करते, उसके चरणस्पर्श कर आशीर्वाद प्राप्त करते हुए जय-जयकार करते चले गए।

उत्सव के बाद, गोवर्धन शास्त्री अपनी कुटिया में बैठा कुछ लिख रहा था। एक सेवक आता है -

"प्रणाम गुरुजी।"

"बोलो रमेश।"

"समारोह में जो लड़की आपकी स्तुति कर रही थी, वह आपसे मिलना चाहती है।"

"ले आओ।"

सेवादार गया और लड़की को लेकर आया। लड़की ने देखा कि कमरे में सिर्फ एक दरी बिछी हुई है, जिसपर संभवतःगोवर्धन शास्त्री सोता होगा। एक छोटा सा स्टूल और उससे कुछ उठा हुआ मेज, जिसपर वह लिख रहा था। लड़की ने कमरे में प्रवेश करते ही गोवर्धन के पैर छूने की चेष्टा की। गोवर्धन ने रोक लिया-

"मैं महिलाओं से चरणस्पर्श करवाने की जगह उनके चरणस्पर्श करना उचित समझता हूँ।" कहकर गोवर्धन ने उस लड़की के पैरों की ओर अपने हाथ बढ़ा दिए। लड़की झटके से दो कदम पीछे खिसक गई-

"ऐसा मत कीजिए महाराज मैं इस योग्य नहीं।"

"लेकिन मैं तो इसी योग्य हूँ कि आपके चरण स्पर्श करूँ। और खुद को धन्य मानूँ।"

और एक बार फिर लड़की के पैरों की ओर हाथ बढ़ाने की कोशिश की। लड़की और दो कदम पीछे हट कर ले जाकर शरमा कर बोली-

"नहीं महाराज ऐसा अनर्थ मत कीजिए ! मैं आपसे यहाँ यह कहने आई थी कि मैं आपसे प्रेम करती हूँ और जीवन भर आपकी दासी बनकर आपकी सेवा करना चाहती हूँ।"

लड़की का मुँह लाल हो गया। आँखें शर्म से झुक गई। पर गोवर्धन ने बिना चेहरे के भाव बदले कहा- "क्या नाम है तुम्हारा?"

"निर्मला।"

"नाम अच्छा है! तुम्हें मुझसे प्रेम क्यों है?"

"मुझे ही नहीं संसार की सभी लड़कियों को आपसे प्यार है।"

"यह मेरे प्रश्न का उत्तर नहीं है। मेरा प्रश्न है कि तुम्हें मुझसे प्रेम क्यों है?"

निर्मला ने शरमाते हुए कहा - "क्योंकि आप बहुत सुंदर हैं और भगवान के बहुत बड़े भक्त भी हैं, आपके साथ रहने से तो मेरा जीवन धन्य हो जाएगा।"

"इस आश्रम में जितने भी भक्त और सेवादार हैं, महिला और पुरुष! वे सब मुझसे प्रेम करते हैं और मैं उन सब से। और हम सब एक दूसरे की संगत में रहकर धन्य हैं। और कोई किसी का दास नहीं है, सब स्वतंत्र हैं। प्रेम वह नहीं है जो किसी को बंधन में बांधे, प्रेम वह है जो स्वतंत्रता दे। इसलिए घर जाओ और सत्कर्म करते हुए ईश्वर भक्ति के साथ अपने जीवन को सार्थक करो।"

"मैं आश्रम में रहना चाहती हूँ, आप ही के पास। आपकी सेवा करते हुए।"

"किस प्रकार की सेवा करना चाहती हैं आप मेरी?"

"आपके लिए भोजन बनाना चाहती हूँ, आपके कपड़े धोना चाहती हूँ, आपकी कुटिया की सफाई करना चाहती हूँ, जब आप थक जाएँ तो आपके पैर दबाना चाहती हूँ।"

"यदि आपको लगता है कि ऐसा करने से आपका जीवन सफल हो जाएगा तो यही सही। (बाहर की ओर ज़ोर से आवाज़ लगाता है) रमेश।"

रमेश कुटिया में प्रवेश करता है।

"रमेश, इन्हें लेकर महिला साध्वियों के पास जाओ। आज से यह आश्रम में ही रहेंगी।"

निर्मला वहाँ से रमेश के साथ चली गई। गोवर्धन के चेहरे पर एक भीनी सी मुस्कान आई और वह लिखने के अपने काम में लग गया।

इधर धर्म-मार्ग पकड़ कर गोवर्धन बढ़ रहा था और उधर उसके बचपन का दोस्त प्रबल सिंह राजनीति मार्ग में अपने प्रबल कदमों से अपनी मंज़िल को बढ़ रहा था। उसके पिता नागेंद्र सिंह की भी मौत हो चुकी है। किसी समय में युवा छात्र नेता रहे, नागेंद्र सिंह की पार्टी के कर्मठ कर्मचारी भूपेश सिंह आज "राष्ट्रीय विकासवादी पार्टी" के अध्यक्ष हैं, और राज्य के मुख्यमंत्री पद पर सुशोभित भी हैं। बीस वर्ष पहले प्रबल सिंह के पिता नागेंद्र सिंह ने उसे पार्टी अध्यक्ष के रूप में ज़िम्मेदारी सौंपी थी, तब यह पार्टी छोटी थी; लेकिन बीस वर्षों में भूपेश सिंह ने पार्टी को एक बड़े स्तर की पार्टी में बदल दिया था। इसके कार्यकर्ता देश भर में फैल चुके थे। और आगामी चुनावों में भूपेश सिंह को पूरी उम्मीद थी कि इस बार भी मुख्यमंत्री वे ही बनेंगे।"

आज मुख्यमंत्री भूपेश सिंह का जन्मदिन है और पार्टी के नेताओं और कार्यकर्ताओं के साथ सहयोगी दलों के नेता भी बधाई देने को उपस्थित हैं। सभी लोग उन्हें फूल मालाएँ पहनाते हैं। बड़ा सा एक केक पेश किया जाता है। भूपेश सिंह केक काटते हैं और प्रबल सिंह समेत तमाम नेता कार्यकर्ता तालियाँ बजाकर इस समारोह में जान डालते हैं। पार्टी के बाद औपचारिक रूप से भूपेश सिंह का भाषण शुरू होता है-

"आप सभी का बहुत-बहुत धन्यवाद क्योंकि आज मेरे जन्मदिन का अवसर है इसलिए मैं प्रसन्न भी हूँ और भावुक भी हूँ और आज अपने मन की कुछ बातें हैं, जो आपसे कहना चाहता हूँ। (ज़ोर से तालियाँ बजती हैं और तालियाँ शांत होने के बाद) वर्षों पहले एक समय ऐसा था जब आप जैसे कार्यकर्ताओं की तरह मैं भी बस भीड़ का एक हिस्सा ही था। आज याद करते हुए भी सब कुछ बड़ा अजीब सा लगता है, किसी समय का एक युवा छात्र नेता भूपेश सिंह आगे चलकर पार्टी अध्यक्ष के रूप में अपनी सेवा देता है। और राज्य के मुख्यमंत्री के रूप में शपथ भी लेता है। यह देश के और पार्टी के लोकतंत्र की महानता है। लेकिन जिस

एक व्यक्ति के कारण यह सब है, आज यदि मैं इस अवसर पर उसका नाम न लूँ, तो यह बहुत बड़ी कृतघ्नता होगी। हमारे स्वर्गीय नेताजी श्री नागेंद्र सिंह जी। उन्होंने एक सपना देखा, उसकी नींव डाली और उस नींव पर एक शानदार खड़ी इमारत, हम आज देख पा रहे हैं।"

भूपेश सिंह नागेंद्र सिंह का जिक्र करता है और पीछे से बड़ा सा पर्दा हटता है और नागेंद्र सिंह की एक विशाल तस्वीर लोगों को देखने को मिलती है। उपस्थित तमाम नेता और कार्यकर्ता सम्मान में खड़े होकर हाथ जोड़ते हैं। और तालियों से पूरा हॉल गूँज उठता है- "नागेंद्र सिंह जी अमर रहें..... नागेंद्र सिंह जी अमर रहें...."।

भूपेश सिंह आगे कहता है- "स्वर्गीय नेता जी के वारिस, उनके सुपुत्र और सौभाग्य से मेरे दामाद प्रबल सिंह हमारे बीच उपस्थित हैं। प्रबल बेटा आओ और अपने हाथों से स्वर्गीय नेताजी को माल्यार्पण करो।"

प्रबल सिंह उठता है और अपने पिता की तस्वीर पर माल्यार्पण करने के लिए बढ़ता है। ज़ोरदार तालियों से उसका स्वागत और हौसला-अफज़ाही होती है। वह सादगी से अपने पिता की तस्वीर पर फूल-मालाएँ चढ़ाता है और इसके बाद भूपेश सिंह आगे कहता है-

"नेताजी भले ही आज हमारे बीच ना हों, पर उनकी दी हुई शिक्षाएँ, उनकी प्रेरणा, सदैव हमारे साथ रहेंगे और इन्हीं शिक्षाओं और प्रेरणाओं का यह परिणाम है कि दस लोगों की पार्टी से बढ़कर हम दस लाख लोगों का एक संगठन बन चुके हैं। हमें याद है और हमेशा याद रखना होगा कि स्वर्गीय नेताजी ने अपनी सारी दौलत-जायदाद इस पार्टी को खड़ा करने में न्योछावर कर दी थी।" (एक बार फिर जोरदार तालियाँ बजती हैं और फिर भूपेश सिंह एक विराम लेकर बोलता है) इसलिए आज हमारा यह कर्तव्य है कि जो कुछ भी हमें नेताजी से मिला, हमें उन्हें वापस लौटाना

होगा और इसलिए मैं बहुत खुशी के साथ आज इस बात की घोषणा कर रहा हूँ कि मैं पार्टी अध्यक्ष के पद से इस्तीफा दे रहा हूँ और पार्टी अध्यक्ष की कमान अब स्वर्गीय नेता जी के सुपुत्र और मेरे दामाद प्रबल सिंह संभालेंगे। पार्टी के सारे फैसले इन्हीं के होंगे और हम सब आदर सहित इनके वचनों का पालन करेंगे।"

और इसके बाद सभा गूँज उठती है- "प्रबल सिंह जिंदाबाद..... प्रबल सिंह जिंदाबाद..... ।"

प्रबल सिंह हाथ जोड़कर सबका अभिवादन स्वीकार करता है और अब फूलमालाएँ प्रबल सिंह के गले में डाली जा रही थीं। प्रबल सिंह आभार व्यक्त करते हुए कहता है-

"धन्यवाद मुख्यमंत्री महोदय जी का, बहुत ही कम उम्र में मुझे यह जिम्मेदारी देने के लिए, मुझ पर विश्वास करने के लिए, और मैं वचन देता हूँ कि पार्टी हित में कड़े से कड़ा फैसला लेने से भी नहीं हिचकुंगा और स्वर्गीय पिताजी और आपकी विरासत को आगे बढ़ाऊंगा।"

ज़ोरदार तालियों के जश्न के साथ यह समारोह संपन्न होता है।

गोवर्धन शास्त्री की एक स्पष्ट दिनचर्या थी; वह सुबह सूर्योदय से पहले उठता, स्नानादि क्रिया से निवृत्त होता, नदी में स्नान कर, वह गायत्री मंत्र के उच्चारण से सूर्य को अर्घ्य देता। उसके बाद वह लगभग एक घंटा कसरत करता। दण्ड-बैठक मारना, भारी-भरकम मूसलों से खेलना, लाठी चलाना आदि व्यायाम वह रोजाना नंगे बदन सिर्फ एक धोती पहन कर करता था। उस पर आसक्त हो जाने वाली नवयुवती निर्मला हर रोज़ छुप-छुप कर उसे देखती। मृदु-स्वर, कोमल तथा भक्ति-भाव पूरित हृदय और विलक्षण बुद्धि को समेट कर रखने वाले गोवर्धन के लौह और

आकर्षक शरीर पर न्योछावर हो जाने वाले अंदाज़ में कामुक नज़रों से देखती रहती, पर गोवर्धन इससे अंजान था और यह रोज का क्रम था।

गोवर्धन के वापस आने से पहले निर्मला स्नान से पहले के उसके पुराने कपड़े उठाती और उन्हें नदी में धोती, नहाने के बाद वह जो नए कपड़े पहनने वाला हो, उन्हें पहले ही निकाल कर इस्त्री करके तैयार कर देती, उसके मंदिर पूजा के लिए गोवर्धन के बैठने से पहले ही वह पूरे मंदिर में झाड़ू-पोछा और साफ-सफाई अच्छे तरीके से कर लेती, पूजा-अर्चना के बाद जो भी जूतियाँ वह पहनने वाला हो, उन्हें पहले ही झाड़-पोंछ कर साफ़ कर देती, और जब वह कथा वाचन के लिए चला जाता तो उसकी पूरी कुटिया पर भी झाड़ू पोछा लगाकर साफ़ करती, उसके बिस्तर को सँवारती। कुटिया की साफ-सफाई के सारे काम निपटाकर वह भी महिला भक्तों की भीड़ में शामिल हो जाती, गोवर्धन के धर्म-कथन को सुनने के लिए। जब तक गोवर्धन कथा कहता, तब तक वह निहाल होकर सिर्फ गोवर्धन के चेहरे को ही ताकती रहती, और कथा खत्म होने के बाद, जब गोवर्धन अपना साहित्य लिखने बैठता तो उसके बैठने से पहले ही उसकी टेबल-कुर्सी कलम और कागज़, सब कुछ पहले से ही तैयार कर देती और जब रात हो जाती, गोवर्धन सोने जाता तो वह गोवर्धन के पैर दबाती थी। और खुद सोने तब ही जाती, जब गोवर्धन गहरी निद्रा में पहुँच जाता। भक्ति और प्रेम का यह अनूठा संगम दोनों की दिनचर्या का हिस्सा बना हुआ था।

हर दिन की तरह, आज सुबह की दिनचर्या भी रोज जैसी ही हुई; किंतु आज गोवर्धन सत्संग के लिए अपने मंच पर जाने से पहले अपनी सभागार में गया; जहाँ उसे आश्रम के तमाम कर्मचारियों और सेवादारों से कुछ जरूरी ब्योरा लेना था।

सभागार में बिल्कुल किसी राउंड टेबल कांन्फ्रेंस जैसा ही दृश्य था, पर बिल्कुल सस्ती कुर्सी-मेज और सादगी के वातावरण में। गोवर्धन के सभागार में प्रवेश करते ही सब सेवादार खड़े होकर उसका अभिवादन करते हैं। वह अपने आसन पर पहुँचता है, उन सबको बैठने का इशारा करता है और फिर खुद बैठता है।

गोवर्धन - "आओ रामेश्वर आज तुमसे शुरू करते हैं।"

रामेश्वर अपनी कुर्सी से उठकर गोवर्धन के सामने लगी खाली कुर्सी पर आकर बैठ गया। गोवर्धन के प्रश्नोत्तर शुरू हुए-

"जितने भी विद्यालय हमने खोले हैं, क्या वे सब सुचारू रूप से चल रहे हैं?"

"जी, स्वामी जी।"

"क्या ज़्यादा से ज़्यादा विद्यार्थियों को हम अपने विद्यालयों में प्रवेश दे पा रहे हैं।"

"जी स्वामी जी, हर विद्यालय में औसत एक हज़ार विद्यार्थी पढ़ रहे हैं।"

"क्या हमारे अध्यापक बच्चों को मन लगाकर पढ़ा रहे हैं?"

"जी स्वामी जी।"

"क्या सभी अध्यापक मिल रहे वेतन से संतुष्ट हैं?"

"जी स्वामी जी।"

"गरीब बच्चों से शिक्षा का कोई शुल्क वसूला तो नहीं जा रहा है?"

"नहीं स्वामी जी, गरीब बच्चों के लिए शिक्षा पूरी तरह निशुल्क है।"

"अध्यापक-गण स्कूलों के अलावा ट्यूशन या एक्स्ट्रा क्लास के रूप में कोई अतिरिक्त वसूली तो नहीं कर रहे हैं?"

"नहीं स्वामी जी।"

“बच्चों को मिलने वाला दोपहर का भोजन उच्च गुणवत्ता के मानकों पर खरा उतरता है?”

“जी स्वामी जी।”

“कोई और विशेष बात है जो तुम बताना उचित समझते हो?”

“जी स्वामी जी! कुछ बच्चों के घर विद्यालयों से बहुत दूर है। उनके माता-पिता उनकी सुरक्षा के प्रति चिंतित रहते हैं, विशेषकर बालिकाओं के लिए। उनके घर पहुँचने की व्यवस्था अगर आश्रम की ओर से कर दी जाए तो यह एक अच्छा कदम होगा।”

“उत्तम विचार है। ठीक है रामेश्वर, तुम बैठो। आओ रमनदास।”

रमनदास उठता है और सामने वाली कुर्सी पर बैठ जाता है।

गोवर्धन -“हमारे अस्पतालों में साफ-सफाई की व्यवस्था अच्छी तो है?”

“जी महाराज जी।”

“सभी अस्पतालों में ऑक्सीजन सिलेंडर, रोगियों के लिए पलंग, वेंटिलेटर मशीन आदि सब तरह के नवीन और आधुनिक उपकरण उपलब्ध है?”

“जी महाराज जी।”

“सभी डॉक्टर्स योग्य और रोगियों के प्रति समर्पित तो है ना?”

“जी महाराज जी।”

“हम अपने सभी डॉक्टर्स के रहने-खाने और उनके वेतन कि सर्वोचित व्यवस्था कर पा रहे है ना?”

“जी महाराज जी।”

“कहीं हमारे डॉक्टर किसी तरह के भ्रष्टाचार में लिप्त तो नहीं हैं? मरीजों से छुपाते-छुपाते कोई अतिरिक्त शुल्क तो नहीं ले रहे हैं?”

“नहीं महाराज जी।”

"हमारे सभी एंबुलेंस सही समय पर, सही रोगी के घर, पहुँच तो रहे है ना?"

"जी स्वामी जी सभी एंबुलेंस चौबीस घंटे सातों दिन बराबर अपनी सेवाएँ दे रही हैं।"

"कोई विशेष सुझाव जो आप देना चाहेंगे?"

"अभी तक तो सब कुछ सर्वोत्तम स्थिति में है स्वामी जी।"

"ठीक है रमनदास अब तुम बैठ सकते हो। कथावाचन का समय शुरू हो चुका है, अब चलना चाहिए।"

गोवर्धन शास्त्री सभागार से निकलकर मंच पर पहुँचता है। विशाल जन समुदाय उसकी जय जयकार के नारे लगाना शुरु करता है-

"स्वामी गोवर्धन लाल शास्त्री जी महाराज की जय।"

गोवर्धन हाथ उठाकर सबको शांत होने का इशारा करता है, सब शांत होते हैं। गोवर्धन आँखें मूंदे योग अवस्था में बैठ गया। कुछ देर तक सारे भक्तगण उसी अवस्था में बैठ गए और फिर आँखें खोलकर गोवर्धन ने प्रवचन शुरू किया -

"सभी भक्तजनों को प्रणाम और आभार, यह आप जैसे भक्तों का ही प्रताप है कि धर्म इस युग में भी अटल खड़ा है और श्वास भी ले रहा है। एक महत्वपूर्ण प्रश्न आप जैसे ही एक जिज्ञासु भक्त की ओर से आया है-

"परमात्मा कहाँ है? हम ईश्वर को कैसे पा सकते हैं? और आज की भागदौड़ भरी जीवनशैली में, जहाँ हम हर समय रोज़गार, नौकरी और व्यापार के पीछे भाग रहे हैं, पाँच मिनट प्रार्थना करने का भी समय नहीं है, तो फिर तपस्या करने का समय कहाँ से निकालें? (मुस्कराते हुए कुछ पल शांत रहकर, फिर उत्तर देना शुरू किया)-

"परमात्मा प्रेम में है।" जैसे ही गोवर्धन ने यह कहा महिला भक्तों और शिष्याओं के बीच में बैठी हुई निर्मला का दिल धक् से हुआ और उसकी नज़रें गोवर्धन के सुंदर चेहरे पर टिक गईं। वह ध्यान पूर्वक गोवर्धन की बातें सुनने लगी। गोवर्धन कह रहा था-

"अगर हमारे ह्रदय में प्रेम है, हमारा ह्रदय प्रेम से परिपूर्ण है तो फिर ईश्वर को पाने के लिए हमें कहीं जाने की आवश्यकता नहीं है, तब समझिए कि ईश्वर ने स्वयं ही हमारी आत्मा में प्रवेश कर लिया है और यह स्थिति बहुत आसान है; हमें हर समय प्रेम में रहना चाहिए। हमें अपने आप से प्रेम करना चाहिए और हर समय करते रहना चाहिए। आप चाहे जैसे भी हैं, लंबे हैं या छोटे हैं, पतले हैं या मोटे हैं, सुंदर हैं, कुरुप हैं, स्वस्थ हैं, बीमार हैं- जैसे भी हैं, बस अपने आप से प्रेम करते रहें, और अपने साथ-साथ अपने माता-पिता, अपनी पत्नी, अपने बच्चों से प्रेम करते रहें, अपने सहपाठियों और सहकर्मियों से प्रेम करते रहें, अपने काम से प्रेम करते रहें, किसी प्राइवेट नौकरी में हैं, तो अपने बॉस से प्रेम करें। (ऐसा कहते हुए गोवर्धन के चेहरे पर एक शरारत भरी मुस्कान दौड़ी और वह कुछ आवाज़ बदल कर मज़ाकिया स्वर में बोला) "अरे यही तो गड़बड़ हो गई गुरु जी! सबसे प्रेम कर लेंगे पर यह खड़ूस बॉस से कैसे प्रेम करें।"

सुनते ही हर ओर हँसी ठहाके गूँज उठे। अपनी बात को स्पष्ट करते हुए गोवर्धन ने आगे कहा-

"मैं जिस प्रेम की बात कर रहा हूँ, वह कोई भौतिक प्रेम न होकर एक आभार व्यक्त करने की भावना है, कि आपके पास जो कुछ भी है, आप उससे प्रेम करते हैं और उसके आभारी हैं। जब आपके पास खाने को भोजन है, तो आपको उस भोजन से प्रेम करने के साथ-साथ उसके लिए आभारी होना होगा क्योंकि इसी पृथ्वी पर कितने ही मनुष्य और अन्य

प्राणी ऐसे हैं जो रोजाना भूख से तड़प कर दम तोड़ते हैं, इसी संदर्भ में आपको आपके बॉस से प्रेम होना चाहिए और ईश्वर को धन्यवाद देना चाहिए कि उसने एक ऐसा प्राणी बनाया है, जिसके कारण आपका घर चलता है। आपको दिखवाई देने वाला हर मनुष्य, हर पशु-पक्ष, ईश्वर का ही बनाया हुआ है इसलिए ईश्वर की हर रचना से आपको प्रेम होना चाहिए। हर प्राणी में ईश्वर का ही वास है और यदि हर समय प्रेम भाव में रहेंगे, प्रेम से देखेंगे, प्रेम से सोचेंगे, प्रेम से कहेंगे तो इसका सीधा अर्थ है कि हम हर समय परमपिता परमेश्वर से ही प्रेम कर रहे हैं। कोई आश्चर्य नहीं वह ईश्वर भी आपसे प्रेम करेगा और आप ही में समावेशी हो जाएगा।"

इतने में एक भक्त खड़ा हुआ और हाथ उठाकर कुछ कहना चाहता था। गोवर्धन ने कहा-

"कहिए क्या कहना चाहते हैं?"

"गुरुजी यदि हमें हर प्राणी में भगवान को देखना चाहिए और उससे प्रेम करना चाहिए तो फिर हमें अपने शत्रु के प्रति कैसा रवैया रखना चाहिए? क्या शत्रु से भी प्रेम करना चाहिए और उस शत्रु से भी जो हमें मार देना चाहता है?"

गोवर्धन ने मुस्कुराते हुए उत्तर दिया- "बिल्कुल सही समय पर आया हुआ सही प्रश्न! हमें शत्रु से प्रेम करना चाहिए, घृणा सिर्फ शत्रुता से करनी चाहिए। शत्रु से आपकी शत्रुता क्यों है? क्या कहीं आपने उसकी कोई धन-संपत्ति तो नहीं हड़पी, अपने छोटे-बड़े किसी भी प्रकार के लाभ के लिए उसे कोई हानि तो नहीं पहुँचाई? कहीं आपने उसके घर की बहन-बेटी या अन्य स्त्री पर कोई कुदृष्टि तो नहीं जमाई? यदि आपने ऐसा कोई अपराध किया है तो क्षमा मांगनी होगी! ऐसी कोई भी चल-अचल संपत्ति

अविलंब लौटानी होगी, जो आपने या आपके किसी पूर्वज ने शत्रु से हड़पी होगी। वह सारी धनराशि उसे देनी होगी, जो आपने उसे हानि पहुँचा कर लाभ के रूप में कमाई होगी! ऐसा करके देखिए मैं निश्चित रूप से कह सकता हूँ, कि शत्रुता मरेगी और प्रेम बढ़ेगा और जहाँ प्रेम होगा वहाँ ईश्वर अवश्य होगा।"

एक भक्त- "और महाराज जी यदि यह सारे अपराध शत्रु ने ही किए होंगे तो क्या हमें उससे इन सब वस्तुओं की मांग करनी पड़ेगी?"

"नहीं आपको कुछ नहीं मांगना है, आपको सिर्फ उसे क्षमा करना है और भूल जाना है।"

एक जोशीला भक्त - "यह तो कायरता हुई महाराज जी! लोग हमें डरपोक कहेंगे! शत्रु हमसे प्रेम करने की जगह हम पर हँसेगा।"

गोवर्धन का सख्त स्वर में दो टूक उत्तर - "तुम इस धरती पर ईश्वर के प्रतिनिधि हो और सिर्फ उसके प्रति उत्तरदाई हो! शत्रु क्या कहेगा, लोग क्या कहेंगे, ऐसा सोचने की जगह सिर्फ यह सोचो कि क्या इससे ईश्वर प्रसन्न होगा! क्या इस कृत्य से ईश्वर मुझसे प्रेम करेगा?"

एक अन्य भक्त - "ठीक है महाराज जी हमने सारे त्याग कर लिए और शत्रु को क्षमा भी कर दिया, किंतु शत्रु नहीं मानता; वह हमें मार कर ही दम लेना चाहता है। हमारी दया-धर्म नीति का उसके लिए कोई मोल नहीं है, वह किसी भी कीमत पर हमें मिटा देना चाहता है तो ऐसी सूरत में हमें क्या करना चाहिए?"

गोवर्धन का फिर दो-टूक उत्तर - "वध! हमें उसका वध कर देना चाहिए। परमात्मा का वास प्रेम में है, क्षमा में है, दया में और त्याग में है और जहाँ यह गुण नहीं है, वहाँ परमात्मा हो ही नहीं सकता और ऐसे जीव की हत्या

पाप नहीं है। धर्मो रक्षति रक्षितः! धर्म की अपने भीतर रक्षा करने वाला ही रक्षा पाने के योग्य है।"

"महाराज जी की जय... महाराज जी की जय...।"

गोवर्धन ने दोनों हाथ उठाए और सभा समाप्त हुई। सब लोग जाने लगे। निर्मला गोवर्धन के करीब आकर खड़ी हो गई। तभी इस भीड़ में से एक सुंदर सी महिला निकल कर आती है और मंच की ओर बढ़कर गोवर्धन के पैर छूने की चेष्टा करती है, गोवर्धन तेज़ी से पीछे हट जाता है और चिर-परिचित अंदाज़ में कहता है -

"बिना मेरे चरण स्पर्श किए भी, आप सीधे मुझसे बात कर सकती है देवी जी! कुछ कहना चाहती हैं?"

"जी, मेरे पति बहुत हिंसक व्यक्ति हैं और मुझे बहुत पीटते हैं! ऐसे में मुझे क्या करना चाहिए?"

"आपके पति हिंसक क्यों है? वे आपको क्यों पीटते हैं? क्या आपको कारण मालूम है?"

"जी! उन्हें मेरा आपके आश्रम में आना बिल्कुल अच्छा नहीं लगता है।"

"यदि आपके पति को आपके इस आश्रम में आने पर आपत्ति है तो आप ना आया कीजिए। अलग-अलग चैनलों पर मेरे व्याख्यान प्रसारित होते हैं, आप उन्हें घर से ही देख सकती हैं।"

"मेरे पति को आपसे नफ़रत है। वह टी०वी० पर भी मुझे आपका कोई कार्यक्रम देखने नहीं देंगे।"

"कौन हैं आपके पति? और क्यों हैं उन्हें मुझसे घृणा?"

"आप मेरे पति को बहुत अच्छे से जानते हैं, लोग उन्हें परवेज़ के नाम से जानते हैं, वह आपके बचपन के दोस्त हैं और उनका असली नाम प्रबल सिंह है और मैं उनकी पत्नी सुनैना।"

गोवर्धन लगभग भाव-शून्य होकर एकटक इस महिला के चेहरे को देखता रह जाता है। बगल में खड़ी निर्मला और सुनैना की नजरें एक दूसरे से मिलती हैं और दोनों की नजरें गहरे अर्थ में एक दूसरे से को देखती हैं, जिससे गोवर्धन पूरी तरह अनजान था।

प्रबल सिंह की पत्नी सुनैना बहुत खूबसूरत थी, सुशील, बेहद प्यारी और धार्मिक प्रवृत्ति की थी। मुख्यमंत्री भूपेश सिंह की बेटी थी, धन दौलत की कोई कमी नहीं थी, और फिर भी सादा जीवन जीती थी और नियम से भगवान श्री कृष्ण की पूजा करती और उनके भजन गाती। और इस सबके अतिरिक्त एक विशेषता और थी और वह थी - गोवर्धन लाल शास्त्री की भक्ति।

रोजाना की तरह आज भी उसने घर सँवार कर, नहा-धोकर भगवान् श्रीकृष्ण का एक बहुत सुंदर भजन गाया। भजन खत्म हुआ और पति प्रबल सिंह की गाड़ी बाहर दिखाई दी। प्रबल सिंह घर पहुँचा सुनैना ने द्वार खोला। दरवाज़े पर प्रबल सिंह खड़ा था। चेहरे पर हल्की दाढ़ी, सिर पर जालीदार टोपी, सफेद रंग का बड़ा सा कुर्ता, पैरों पर पजामा।

प्रबल ने प्रवेश करते ही प्रश्न किया- "मंदिर में थी?"

सुनैना ने घबराकर सिर "हाँ" में हिलाया।

प्रबल के चेहरे पर गुस्सा साफ देखा जा सकता था, पर संतुलित होकर बोला-"हम मूर्ति पूजा में विश्वास नहीं करते हैं। कोई बात नहीं धीरे-धीरे समझ आ जाएगा। गोवर्धन की तस्वीर हटाई या नहीं?"

यह प्रश्न पूछ कर वह सीधा मंदिर की ओर चल पड़ा। सुनैना पीछे-पीछे दौड़ पड़ी-

"जूते तो उतार लो, मंदिर में जूता पहन कर नहीं जाते।" पर प्रबल सीधा मंदिर पहुँच गया और मंदिर में गोवर्धन की तस्वीर लगी देख कर वह रुका। एक पैनी नज़र तस्वीर पर डाली ऊपर की ओर देखकर आँख मूंदी। एक गहरी साँस भारी और फिर पलट कर सुनैना की ओर बढ़ा। सुनैना सहमी सी खड़ी थी, प्रबल ठीक उसके सामने पहुँचा, चुपचाप खड़ा रहा। सुनैना को कुछ राहत हुई, वह स्थिर हुई ही थी कि एक जोरदार थप्पड़ प्रबल ने उसके गाल पर जड़ दिया। "आऽ हऽऽऽ....." वह चीखती हुई ज़मीन पर गिर पड़ी प्रबल ने उसे बालों से खींच कर उठाया और थप्पड़ पर थप्पड़ उसके गालों पर लगाने शुरू किये। सुनैना रो रही थी, चीख रही थी पर प्रबल बिना किसी दया-दृष्टि के सिर्फ पीटे ही जा रहा था। पहले हाथ चल रहे थे; अब हाथ के साथ लात भी चलने लगी। प्रबल मारता जा रहा था और मारते-मारते उसकी शैतानी आँखों के आगे उसके पिता नागेंद्र सिंह सजीव हो उठे जो किसी बड़ी सी सभा को संबोधित करते हुए ज़ोर से कह रहे थे-

"अगर औरत तुम्हारे कहे रास्ते पर नहीं चल रही हो, तो औरत को मारो और तब तक मारो जब तक वह तुम्हारी बात ना मान ले। बस ध्यान रहे! उसके शरीर से खून नहीं निकलना चाहिए।"

.... और अपने पिता की दी हुई इसी हिदायत का पालन करते हुए प्रबल सिंह अपनी पत्नी सुनैना को पीटे जा रहा था। मारपीट का यह सिलसिला चल रहा था कि दरवाजे पर आहट हुई प्रबल और सुनैना दोनों ने देखा दरवाज़े पर भूपेश सिंह और उनकी पत्नी दोनों खड़े थे। अपने दामाद के द्वारा अपनी बेटी की यह वीभत्स पिटाई का दृश्य देखकर दोनों के होश उड़ गए। दोनों सन्न से दरवाजे पर ही खड़े रह गए।

प्रबल उन्हें देखकर एक बार को तो विचलित हुआ, पर फिर अपनी आग उगलती आँखों से उन दोनों को एकटक देखते हुए सुनैना पर थप्पड़ पर थप्पड़, थप्पड़ दर थप्पड़ चलाता रहा। भूपेश सिंह दौड़कर अपनी बेटी को छुड़ाता है। और गुस्से में एक ज़ोरदार थप्पड़ प्रबल के गाल पर रसीद कर देता है। प्रबल ने अपने ससुर भूपेश सिंह की ओर गुस्से में जलती आँखों से देखा और सुनैना को छोड़कर भूपेश सिंह को पकड़ा और जम कर कूटना शुरू कर दिया और साथ ही बड़बड़ाना शुरू कर देता है-

"डेमोक्रेसी जिंदाबाद! डेमोक्रेसी जिंदाबाद। सेकुलरिज़्म ज़िंदाबाद।"

माँ-बेटी भूपेश सिंह को छुड़ाने के लिए बीच में लपकती हैं, तो प्रबल दोनों के गाल पर एक-एक थप्पड़ बरसाता है और दोनों दो-दो फीट की दूरी पर जाकर गिरती हैं। और फिर अपने ससुर को पीटना शुरू कर देता है। भूपेश सिंह की पत्नी दौड़ कर आती है और भूपेश सिंह से लिपटकर चिल्लाने लगती है-

"इनको छोड़ दो, मुझे मारो, मुझे मारो।"

अपनी सास की इस अपील पर प्रबल सिंह ने भूपेश सिंह को छोड़ा और अपनी सासू माँ के कंधों पर हाथ रखकर उसे कुर्सी पर बिठाकर बड़े प्यार से बोला-

"वैसे तो हम बहुत शांति-प्रिय कौम है सासू माँ। मेरे बाप ने मोहब्बत का बहुत बड़ा पैगाम पूरी दुनिया को दिया है। हम और हमारा खुदा, दोनों बहुत नेक और दयालु हैं, बस काफिरों को, मुशरिकों को, और ईमान लाने से इनकार करने वाले लोगों को देखकर हमें गुस्सा आ जाता है क्योंकि ये मार डालने लायक लोग हैं। मैं सुनैना से बेपनाह मोहब्बत करता हूँ; उम्मीद है आज नहीं तो कल वह ईमान ले आएगी। और आपसे भी यही उम्मीद करता हूँ कि आप इसे समझाएंगी वरना मेरा मज़हब मुझे

इजाज़त देता है, सास के साथ निकाह करने की! और मेरे बिस्तर पर इसकी जगह आप भी हो सकती हैं।"

सास ने सुना और मुँह पर हाथ रख लिया। ऐसा सदमा लगा मानो कोई बिजली का झटका लगा हो बेचारी वहीं फर्श पर अधमरी सी बैठ गई। प्रबल सिंह ने भूपेश सिंह को पकड़ा और कहा-

"चलिए ससुर जी इन औरतों का रोना-धोना लगा रहेगा! चलिए! आपके साथ कुछ पॉलिटिकल गुफ्तगू कर लें। इलेक्शन नज़दीक आने वाले हैं। और आपको सेकंड टाईम भी मुख्यमंत्री बनाना है। चलिए।"

प्रबल सिंह अपने ससुर भूपेश सिंह को लेकर के चला गया। भूपेश सिंह की पत्नी उठी और दीवार के सहारे अधमरी बैठी अपनी बेटी के पास पहुँची। सुनैना की आँखें बुरी तरह सूज गई थी, सिर और चेहरे के साथ-साथ गर्दन के नीचे, पीठ पर चोट के बड़े-बड़े निशान दिखाई दे रहे थे। माँ ने रोते हुए बेटी को गले लगा लिया।

अपने घर से भूपेश सिंह को अपनी शानदार स्कॉर्पियो गाड़ी लेकर प्रबल सिंह शहर को पार करते हुए, अंतिम छोर पर किसी भीड़भाड़ वाले इलाके में ले गया और वहाँ से भी गाड़ी किसी गंदे मोहल्ले की ओर ले गया। भूपेश सिंह परेशान होकर बोला - "यह हम कहाँ जा रहे हैं प्रबल?"

"भविष्य की तरफ ले कर जा रहा हूँ आपको। आने वाले वक्त का भारत। आत्मनिर्भर भारत! घर में घुसकर मारने वाला, काटने वाला नया भारत। बस पहुँचने ही वाले हैं।"....... और प्रबल हँसने लगा। धीरे-धीरे गाड़ी प्रवेश कर जाती है, परवेज़ गढ़ में। इस जगह पर कहीं-कहीं चौड़ी, तो कहीं-कहीं तंग गलियाँ हैं; पर गंदगी और बदबू सब जगह एक समान।

सारा इलाका फल-वालों, सब्जी-वालों, माँस की दुकानों समेत नाई, मोची और कबाड़ की दुकानों से सटा पड़ा है। चौड़े बदबूदार नाले, गड्ढेदार गलियाँ और इन गलियों में पुराने पड़ चुके अध-कचरा घर, इलाके की स्थिति को बता रहे थे।

प्रबल सिंह, भूपेश सिंह को लेकर अपनी गाड़ी से उतरता है कि हजारों की भीड़ उसे देखने उमड़ पड़ती है, और ज़ोर-ज़ोर से उसका नाम पुकार कर उसका अभिवादन इस प्रकार करने लगी मानो उनका मसीहा आ गया हो- "परवेज़, परवेज़, परवेज़, परवेज़, परवेज़।"

लोग उसका नाम लेकर उसे छूने की कोशिश कर रहे थे, मानो कोई बहुत बड़ा सेलिब्रिटी, कोई बहुत प्रसिद्ध व्यक्ति उनके बीच में आ गया हो। लोग उसकी ओर लपक रहे थे, किंतु परवेज़ आलम उर्फ प्रबल सिंह के सुरक्षाकर्मी, जो दूसरी गाड़ियों में पीछे-पीछे आए थे, लोगों को उसके संपर्क में आने से बचाने का हर संभव प्रयास कर रहे थे। पर प्रबल सिंह बेफिक्र होकर आगे बढ़ रहा था, सामने मस्जिद की ओर। जहाँ मौलाना सादिक जमाल उसके स्वागत के लिए खड़ा था। सारे सुरक्षा गार्ड्स को मस्जिद से बाहर छोड़कर, वह भूपेश सिंह के साथ मस्जिद के भीतर प्रवेश करता है। एक व्यक्ति से जालीदार टोपी लेकर पहना देता है, दोनों ससुर दामाद को।

"आदाब मौलाना साहब!"

"आदाब! आपको पार्टी सदर बनने की बहुत मुबारकबाद। (भूपेश सिंह को देखकर) ओहो हमारे चीफ मिनिस्टर साहब भी आए हैं, जब से आप चीफ़ मिनिस्टर बने हैं, तब से ही हम आपके आने का इंतजार कर रहे थे। शब्दों में बयां नहीं कर सकते की कितनी खुशी हुई है हमें। और आपके

दुबारा मिनिस्ट्री संभालने की दुआ हमारे पूरे इलाके में हमारी कौम का बच्चा-बच्चा कर रहा है।"

मौलाना ने भूपेश सिंह को फूल माला पहनाई और उसके बाद जितने भी मुल्ला, मौलवी और अन्य नागरिक थे, सबने भूपेश सिंह को मालाओं से लाद कर उसका स्वागत किया। भूपेश सिंह का चेहरा इस अन-अपेक्षित स्वागत से अभीभूत तो हो रहा था पर उसके लिए यह सब कुछ किसी नई दुनिया में आ जाने जैसा अनोखा था। खुशी और आश्चर्यमिश्रित भाव उसके चेहरे पर साफ़ देखे जा सकते थे।

प्रबल सिंह ने मौलाना सादिक को अपनी गाड़ी की चाबी दिखाई और गाड़ी को खोलने का बटन दबा दिया। मौलाना सादिक ने इशारे को समझते हुए एक व्यक्ति को गाड़ी के डिग्गी खोलने का इशारा किया। गाड़ी की डिग्गी खोली गई और चार-पाँच पेटियाँ उसमें से निकलीं। बिना खोले ही पेटियाँ आगे पास की गईं। मौलाना सादिक ने अदब से आमंत्रित किया - "आइए नमाज़ का वक्त तो चला है। पाक मस्जिद में चलें।"

"चीफ़ मिनिस्टर साहब भी हमारे साथ मस्जिद में चलेंगे।" परवेज़ आलम उर्फ प्रबल सिंह के ऐसा कहते ही एक व्यक्ति ने भूपेश सिंह के सिर पर जालीदार टोपी पहना दी और सब ने मस्जिद में प्रवेश किया।

लाउडस्पीकर पर "अल्लाह हू अकबर" की आवाज़ से शुरू होकर पूरी अज़ान बजती है। मस्जिद के अंदर मौजूद प्रबल समेत तमाम लोगों के सिर, मस्जिद के बाहर हजारों सिर सिजदे में झुकते हैं।

नमाज़ के बाद की दावत प्रबल सिंह के ऐसे शाही महल में हुई, मस्जिद के पास ही था और बहुत साल पहले एक खंडहर था। इस महल का नाम था परवेज़ महल। और परवेज़ महल में परवेज़ आलम उर्फ प्रबल सिंह ने लज़ीज़ बिरियानी के मजे लिए, शाम हुई तो महफिल भी सजी और एक से एक नाचने वालियाँ आईं और मुजरा हुआ। ठुमके लगाती तवायफों

के हुस्न का भरपूर मज़ा आँखों से लिया गया और शराब जमकर पी गई। मुख्यमंत्री भूपेश सिंह के पास यह सब मूक-दर्शक बनकर देखने के अलावा कोई दूसरा चारा नहीं था। शराब वह पीता नहीं था और माँस वह खाता नहीं था किंतु अगल-बगल बैठे लोगों ने उसके मुँह में माँस का टुकड़ा भी ठूँसा और शराब भी पिलाई। वह यह देखकर कतई हैरान हो गया था कि दिन में मस्जिद में बैठ कर नमाज़ अदा वाला इमाम रात में शराब पीकर मस्त हो गया और नाचते-नाचते उसके करीब आ जाने वाली तवायफों को छूने की और अपनी ओर खींचने की चेष्टा करता और उन पर पैसे लुटाता था। कभी-कभी बीच में उठकर ठुमके भी लगा लेता और कमोवबेश यही स्थिति वहाँ बैठे हर मुल्ला और मौलवी की थी। अब आगे जो हुआ उसे देख कर, मारे शर्म के भूपेश की गर्दन तो झुक गई, पर बाकी सब लोग सीटियाँ बजाते और हूटिंग करते उस दृश्य को रोमांच के चरम पर पहुँचा देते हैं, जब प्रबल खुद उठकर अपने मस्त अंदाज़ में ठुमके लगाता है और ऐसे लगाता है कि नाचने वालियाँ भी फीकी पड़ गईं और समां सिर्फ प्रबल ने बांध दिया। नाचते-नाचते प्रबल की नजर बार-बार भूपेश पर जाती और चिढ़ाने वाली मुस्कान उसके अधरों से बिखरती। बेचारा भूपेश सिंह कभी इधर देखे, कभी उधर देखे और कभी नज़र चुरा कर प्रबल को देखे।

यह नशीली और रंगीली पार्टी सिर्फ इस महल के भीतर ही नहीं चल रही थी बल्कि पूरे इलाके के एक-एक घर में, एक-एक शराबखाने, एक-एक होटल और एक-एक वेश्याघर में चल रही थी क्योंकि जो पेटियाँ प्रबल की गाड़ी से उतरी थीं, वे सब शराब की बोतलों से, नशे की पुड़ियों से और सिगरेट और सिगार जैसे दिखने वाले कितने ही नशीले पदार्थों से भरी पड़ी थीं और सिर्फ कुछ ही घंटे में यह पूरे इलाके में वितरित हो गई थीं।

आधी रात से ऊपर का समय बीता महफिल समाप्त हुई; एक आलीशान कमरे में परवेज़ के सोने की व्यवस्था की गई। प्रबल अपने कमरे में पहुँच कर एक गद्देदार पलंग पर धड़ाम से पड़कर लेट गया। कुर्ता उतारा और गहरी साँस लेकर शून्य को निहारने लगा।

महल के बेसमेंट में मौलाना सादिक जमाल एक लाइन में बुर्का पहन कर खड़ी तवायफों का मुआयना उनके चेहरे से बुर्का उठाकर करता है और सबसे खूबसूरत और आकर्षक लड़की का बुर्का अपने हाथ से खींच लेता है और तुरंत गर्दन हिलाकर उसे जाने का इशारा करता है। लड़की जाती है और सीधा परवेज़ आलम के कमरे की ओर पहुँचती है। बिस्तर पर लेटा हुआ प्रबल सिंह उठता है; दोनों एक दूसरे की ओर बढ़ते हैं; प्रबल सिंह ने उसके गालों को अपनी दोनों हथेलियों से दबाया और सिर से पैर क निहारते हुए कहा- "बिल्कुल मेरी नादिरा जैसी हो।" ऐसा कहकर उसने तवायफ के होंठ चूम लिये।

"कौन है यह नादिरा?"

"दुनिया की सबसे खूबसूरत लड़की है। वह फूल है, नहीं-नहीं, फूलों से भी बढ़कर है। उसी की खूबसूरती ही रही होगी कि शायद के खुदा ने हूर शब्द इजाद किया। आँखें ऐसी कि पूरे कायनात को रोशनी दे दें, रंग ऐसा कि आधी रात में भी उजाला हो जाए, बाल ऐसे कि खुल जाएँ तो आसमान में बादल काले हो जाएँ और होंठ ऐसे मीठे-रसीले कि मानो धरती पर मौजूद सभी फूलों और फलों का रस उनमें घुला हुआ हो।"

ऐसा कहकर उसने फिर से तवायफ को चूम लिया और झटक कर खींच लिया कस कर अपनी बाहों में दाब लिया। बिस्तर पर लेटा और लड़की के चेहरे को देख-देखकर "नादिरा.... नादिरा.." का स्वर ही उसके मुँह से निकलता है।

रात गहरी होती है, प्रबल सिंह को नींद आती है और नींद में वह प्यारी सी नादिरा के ख्वाबों में चला जाता है। स्वप्न कुछ इस प्रकार था -

"लगभग आठ वर्ष की प्यारी सी बालिका "bye-bye" का इशारा किया, लगभग ग्यारह वर्ष के प्यारे से बालक ने भी वैसे ही इशारा किया। बालक के चेहरे पर मुस्कान देखकर बालिका शरमा कर भाग गई। घर की खिड़की पर वह खड़ी थी, तो बालक को बाहर पेड़ की आड़ में खड़ा पाती है। अबकी बार बालक "bye-bye" का इशारा करता है, वह उसे जीभ चिढ़ाती है, प्रति-उत्तर बालक भी उसे जीभ चिढ़ाता है। बालिका नादिरा आँखें मटकाती है, बालक प्रबल भी। इसके बाद प्रबल दोनों कानों के ऊपर अंगूठा टिकाकर उंगलियाँ हिलाता हुआ, आँख और जीभ चिढ़ाता है, नादिरा भी उसे उसी प्रकार चिढ़ाती है। अब प्रबल नादिरा को एक फ्लाइंग किस देकर भाग जाता है, नादिरा शरमा कर खिड़की बंद कर लेती है।"

इस मधुर स्वप्न में अचानक भयानक विघ्न पड़ता है। एक उग्र और अराजक भीड़ उस एक घर पर धावा बोलती है और "मारो-मारो" का शोर मचाते हुए, उस घर का दरवाज़ा तोड़कर उसके भीतर घुस जाती है। घर के भीतर से चीखें आती हैं और वह घर ध्वस्त हो उठता है। हृदय विदारक चीखों से आज के प्रबल सिंह की नींद टूट जाती है, वह बेहद विचलित और उत्तेजित होकर बिस्तर पर बैठ जाता है। चेहरा पसीने पसीने तर भीगा था। गहरी साँसे भरता है, कुछ पल लगते हैं उसे सामान्य होने में।

सवेरा हो चुका था; और थोड़ी देर में एक अन्य खूबसूरत लड़की उसके लिए नाश्ता ले आई। नाश्ता क्या था अलग-अलग जानवरों का पका हुआ माँस! प्लेटो और थालों को देखकर उसने पूछा-

प्रबल - "क्या है इसमें?"

लड़की - "हलाल अज़हा।"

प्रबल - "बीफ़?"

लड़की - "मंगवाया था पर मिल नहीं पाया। सरकार ने पाबंदी लगाई है, इसलिए.....!"

सटाक्.... अभी इतना ही कह पाई थी कि एक जोरदार थप्पड़ उसके गाल पर पड़ा और वह धड़ाम से गिर पड़ी। प्रबल ने उसे उठाया और निर्दयता से पीटते हुए चिल्लाना शुरू किया-

"साली हरामज़ादी मुझे बीफ़ के लिए तड़पाएगी। मैं ही सरकार हूँ और मैंने कोई पाबंदी नहीं लगाई है। (सटाक.... सटाक... सटाक.... सटाक... ज़ोर-ज़ोर से थप्पड़ मारता हुआ बोला) - पाबंदी तो तेरा माँस खाने की भी है, लेकिन मैं तुझे भी खा जाऊंगा! यह देख।"

और परवेज़ उर्फ प्रबल ने उस लड़की की गर्दन पर ज़ोर से दाँत गड़ा दिए। लड़की चीख उठी। मौलाना सादिक जमाल, भूपेश सिंह समेत सब लोगों ने अपने-अपने कमरों से लड़की के चीखने की आवाज़ें सुनी तो वे दौड़कर परवेज़ उर्फ प्रबल के कमरे में पहुँचे। भूपेश सिंह के पैरों तले ज़मीन ही खिसक गई, जब उसने सामने का वीभत्स दृश्य देखा। लड़की फर्श पर पड़ी तड़प रही थी, कराह रही थी, दर्द के मारे चीख रही थी। कान के नीचे उसके गाल का हिस्सा कटा हुआ था और परवेज़ आलम उर्फ प्रबल सिंह के मुँह पर खून और माँस का टुकड़ा लगा हुआ था। भूपेश सिंह का सिर घूम गया। उसे उल्टियाँ आने लगी। उसका रक्तचाप बहुत बुरी तरह से गिर गया और वह ज़मीन पर धम्म से बैठ गया। प्रबल सिंह शेर की तरह गुर्राते हुए मौलाना सादिक जमाल से बोला -

"ऐ मौलाना, ध्यान रहे! गाय के माँस के बिना कोई थाली मेरे सामने आ न जाए, वरना थाली लाने वाले को ही खा जाऊंगा।"

"जी हुजूर आइंदा से ऐसी गुस्ताखी नहीं होगी।"

भूपेश सिंह को कुछ होश आता है। अपने सामने किसी भूखे शेर की तरह गुर्राते हुए अपने दामाद प्रबल सिंह को देखकर वह लड़खड़ाते कदमों से उस कमरे से बाहर चला गया। प्रबल सिंह का हिंसक रूप उसके दिमाग पर चोटें मार रहा था। पहले अपनी बेटी सुनैना की निर्दयता से पिटाई और आज लगभग हैवान बनकर एक लड़की को नोच डालना, भोजन में गोमांस की मांग करना ; यह सारे दृश्य उसकी आँखों के आगे दौड़ रहे थे और कानों में गूँज रहे थे वे शब्द जो बहुत पहले किसी एक वरिष्ठ नेता ने उससे कहे थे -

"तुम राजनीति में जिस राह पर चलकर कामयाबी की मंजिल तलाश रहे हो भूपेश! याद रखना यह रास्ता सिर्फ एक ऐसी अंधेरी सुरंग की तरफ़ जाता है, जिसका कभी न खत्म होने वाला घुप्प अंधेरा तुम्हें निगल जाएगा। तुम अजगर के मुँह में अपना सिर दे रहे हो! भूपेश।"

बेसुध हालत से उठकर भूपेश सिंह कमरे से बाहर चल दिया। और अब वह दिन उसे स्मरण हो आया, जब नागेन्द्र सिंह ने अपने बेटे प्रबल सिंह के साथ सुनैना की शादी का प्रस्ताव रखा था। उस समय प्रबल सिंह की अवस्था दस वर्ष की थी और सुनैना मात्र छः वर्ष की बालिका थी। नागेन्द्र ने सफेद रंग का कुर्ता पहना हुआ था, जिसपर खून के छींटे पड़े हुए थे और हाथ में एक कुल्हाड़ी भी थी। उसके साथ बालक प्रबल सिंह भी खड़ा था, उसने भी सफेद कुर्ता पहना था, पर उसके कुर्ते पर खून के छींटे नहीं, बल्कि पूरा कुर्ता ही खून से सना हुआ था और कुर्ते के साथ-साथ वह खुद भी खून से नहाया हुआ था। भूपेश सिंह की आँखें फटी पड़ी थीं, चेहरे पर खौफ़ की मंजर साफ़ देखा जा सकता था। नागेन्द्र ने कहा-

"घबराओ मत भूपेश! यह खून से नहाया हुआ बहादुर बच्चा तुम्हारा होने वाला दामाद है। तुम मेरे दोस्त हो, तुम मेरे शुभचिंतक हो और तुम मेरे पार्टनर भी हो, लेकिन हमारी दोस्ती और हमारी साझेदारी जिंदगी भर चलती रहे इसलिए हमें रिश्तेदारी भी बाँध लेनी चाहिए। अपने प्यारे, लेकिन शेरदिल बहादुर बेटे प्रबल के लिए हम तुम्हारी प्यारी सी बिटिया सुनैना का हाथ मांगते हैं। उम्मीद है तुम ना नहीं कहोगे।"

"लेकिन नेताजी, अभी तो दोनों बच्चे बहुत छोटे हैं सुनैना तो सिर्फ छः साल की है।"

"छोटे हैं तो बड़े भी हो जाएंगे। जब तक छोटे हैं, गुड्डे और गुड़िया से खेलेंगे। जब बड़े हो जाएंगे तो गुड्डे गुड़िया बनाकर उनके साथ खेलेंगे हें.. हें.. हें.. हें.. हें।"

३.

भूपेश सिंह की अतीत की यादों के जरिए, अब यह कथा अपने भूतकाल में जाती है, जहाँ विक्षिप्त हो चुका नागेंद्र सिंह स्वामी धर्मानंद को मारने के सारे उपाय करके हार चुका है।
स्वामी धर्मानंद की हत्या की सुपारी देने के सारे प्रयास विफल होने पर और लता बाई के द्वारा उसका चरित्र हनन कराने की कोशिश भी विफल होने पर नागेंद्र सिंह पागल हो गया और इसी पागलपन में उसने चाकू निकाला और स्वामी धर्मानंद की तस्वीर पर एक पल में सैकड़ों वार कर डाले और ठहाके मारकर हँसने लगा और हँसते-हँसते गिर गया।

उस दिन नागेंद्र सिंह को जब होश आया तो वह अस्पताल के बिस्तर पर पड़ा था। उसने धीरे से आँखें खोली, आँखों के आगे सब कुछ धुंधला-धुंधला सा था। धीरे-धीरे गर्दन हिलाई तो पास में अपने बेटे प्रबल को पाया। उसने पिता का हाथ अपने हाथ में ले रखा था। नागेन्द्र ने प्रबल को अपने सीने से लगाया। फिर दृष्टि पड़ी भूपेश सिंह पर जो पीछे ही खड़ा था। उसने विनम्रता से पूछा - "कैसे हैं नेताजी?"

लेकिन नागेन्द्र ने दो-टूक प्रश्न किया -"स्वामी धर्मानंद मर गया, या ज़िंदा है?"

भूपेश सिंह पहले ही जान गया था कि अब क्रोध और प्रतिशोध की भावना नागेन्द्र सिंह को उस छोर पर ले गई है, जहाँ से अब उसका लौटना असंभव है। नागेंद्र सिंह की आँखों में आँखें डालकर मुस्कुरा कर बोला- "मुझे पता था आप होश में आते ही सबसे पहले यही सवाल

करेंगे। आपकी बीमारी और बीमारी का इलाज दोनों मुझे मालूम हैं। इसलिए आपकी दवा-दारु के लिए मैं सही हकीम को लेकर आया हूँ।"

ऐसा कहकर उसने आवाज लगाई- "आइए इलियासी साहब।"

एक धर्मगुरु लंबे बाल, अधपकी दाढ़ी, सिर पर अफ़गानी पगड़ी बाँधे और लंबी सफेद शेरवानी पहने, कमरे में प्रवेश करता है। साथ में कादिर हमीद भी था। नागेंद्र इस व्यक्ति से आज पहली बार मिल रहा था इसलिए आश्चर्य से उसकी ओर देख रहा था। मुस्लिम धर्मगुरु सभी को बाहर जाने का इशारा करता है और भूपेश सिंह समेत सभी बाहर चले जाते हैं। कमरे में अब सिर्फ नागेन्द्र सिंह, कादिर हमीद और वह मौलाना धर्मगुरु ही रह जाता है।

मौलाना - "आप जिस परेशानी से गुज़र रहे हैं यह किसी अंधेरे की तरफ ले जाने वाली परेशानी नहीं बल्कि आपको मज़हब की रोशनी में लाने वाली परेशानी है; जो खुदा ने आपके लिए बुनी है।"

नागेन्द्र - "आपकी तारीफ?"

मौलाना - "नाचीज़ को ज़ाकिर इलियासी कहते हैं। और हमारा काम आप जैसे दोज़ख में भटकते हुए लोगों को जन्नत की रोशनी दिखाना है। आपके बारे में भूपेश जी ने हमें सब बताया है। (एक पल रुककर) नफ़रत! इसे नफ़रत कहते हैं। वैसे तो बहुत सारे दूसरे इमोशन्स की तरह यह भी एक इमोशन ही है। लेकिन जब नफ़रत, खून बनकर रगों में दौड़ने लग जाए तो या तो कयामत बरपा देती है या कयामत तक चलने वाले जिहाद को पैदा कर देती है। हमारे प्यारे सलेल्लाहु-अलैहि-वसल्लम साहब के दिल में भी एक चिंगारी पैदा हुई और उन्होंने कायनात पलट कर रख दी। मुझे यह बताइए कि कितनी नफ़रत करते हैं आप उस धर्मानंद से?"

नागेंद्र की रगों में खून बिजली की रफ्तार से दौड़ गया और दाँत भींचते हुए उसने जवाब दिया-

"एक मौका मिल जाए बस! एक बार मौका मिल जाए! उस पंडित, उसके साथ-साथ परिवार वाले, उसके आश्रम के सारे चेले-चपाटे, उसके आश्रम में आने वाले उसके एक-एक भक्त, सबको एक-एक करके मारुंगा, काटुंगा।" .... और ऐसा कहते-कहते हैं वह पागलों की तरह हाथ-पैर चलाने लगा मानो सच में ही किसी को मार काट रहा हो।

इलियासी -"उससे क्या होगा? लोग उसे बलिदानी कहेंगे और आपको टेररिस्ट। आपको फाँसी हो जाएगी और उसको हमेशा के लिए पूजा जाएगा। आप जीते जी तो उससे हार ही चुके होंगे ; मर कर भी आप उससे हार जाएंगे।"

नागेन्द्र - "जानता हूँ, जानता हूँ, जानता हूँ, इसलिए तो लाचार हूँ कि क्या करूँ? दिन हो या रात हो सुबह हो या शाम हो; वो धर्मानंद मेरी आँखों के सामने आता है, मेरे मुँह पर थूकता है और मुझ पर हँसता है। मेरी बीवी और मेरी माँ की आत्मा मुझे कचोटती है। क्या करूँ?"

इसके बाद ज़ाकिर इलियासी नाम के उस धर्मगुरु ने नागेंद्र सिंह के कान में भरना शुरू किया-

"उस स्वामी धर्मानंद का शरीर तो पाँच लीटर खून, दो सौ छः हड्डियों और तीस किलो चमड़े का बना हुआ है, उसे मारकर आपको कुछ नहीं मिलेगा? उल्टा राम, कृष्ण और बुद्ध की तरह दुनिया उसे शांति और अहिंसा का अवतार बनाकर युगों-युगों तक उसकी पूजा करेगी और रावण बनाकर आपका पुतला हमेशा के लिए फूंक देगी। और ऐसा होना तो आपके लिए मौत से भी बदतर होगा। मज़ा तो तब है, जब वो जीते जी मरे, और आप मौज करते हुए जिएँ! जिन हालातों में आज आप हैं,

एकदम लाचार, अकेले और कमज़ोर, उन हालातों में वह पहुँचे, ; और जो मौज वो आज काट रहा है, वो सब आपका हो। धर्म के नाम पर धन-दौलत लुटाने वाले भक्तों की भीड़, वोट मांगने के लिए तमाम पॉलिटिशियन की भीड़। दौलत, शोहरत, ताकत, सबकुछ।"

नागेन्द्र सिंह की मुरझाई आँखों में आशा की एक लौ जली। उसने अविश्वास से ज़ाकिर इलियासी की ओर देखा - "क्या ऐसा हो सकता है?"

इलियासी ने 'हाँ' में गर्दन हिलाई।

नागेन्द्र - "कैसे?"

"एक बड़ी लाईन को छोटा करना हो, तो उसका अल्टरनेटिव होता है कि उससे भी बड़ी एक दूसरी लाईन खींच दो। स्वामी धर्मानंद वही लकीर है; अगर इस लकीर को छोटा करना है, तो आप अपने को उससे बड़ी लकीर बनाओ।"

नागेन्द्र सिंह कुछ खास नहीं समझा, तो इलियासी ने कड़वा ज़हर शांति से उगलते हुए कहा-

"स्वामी ने किताब लिखी है, धर्म-शास्त्र। जिसमें स्वामी लोगों से वह सब करने को कहता है, जो लोग नहीं करना चाहते हैं। स्वामी उस किताब में कई आयतें लिखता है- जैसे झूठ मत बोलो, चोरी मत करो, शराब मत पियो, माँस मत खाओ, हिंसा मत करो, दूसरे की औरत को बुरी नज़र से मत देखो ! लोग उसकी बातें मानते हैं; इसलिए नहीं, कि वे बातें अच्छी हैं! बल्कि इसलिए कि उनके पास कोई और चारा नहीं है। अगर चोरी करेंगे, हिंसा करेंगे, दूसरों की बीवियों से ज़बर करेंगे, तो कानून सज़ा देगा। सच्चाई यही है कि हर आदमी झूठ बोलना चाहता है, चोरी करना चाहता

है, मुफ़्त का माल उड़ाना चाहता है, शराब पीना चाहता है, दूसरे की औरत से संबंध बनाना चाहता है। इसलिए ऐसी आयतें लिखो कि जिसमें इन सब कामों को ही जायज़ ठहरा दिया जाए, और बताया जाए कि ऐसा करने से जन्नत नसीब होती है, फिर???? जन्नत कौन नहीं जाना चाहता!!!!!"

ज़ाकिर इलियासी ने लालच देते हुए प्रश्नवाचक दृष्टि में नागेंद्र सिंह की ओर देखा। नागेंद्र की आँखों में चमक थी, मुँह खुला हुआ था। वह प्रसन्नता से बोला -

"फिर तो लोग मेरी लिखी हुई आयतें ही पढ़ेंगे और मेरे ही दिखाए हुए रास्ते पर चलेंगे।"

"हूं... और स्वामी धर्मानंद का धर्मशास्त्र छोटी लकीर अपने आप बन जाएगा।"

नागेंद्र का माथा ठनका- "लेकिन लोगों के जुड़ने की शुरुआत कैसे होगी? क्या हम लोगों के घर-घर जाकर बोलेंगे कि चोरी करो, डाका डालो!"

इलियासी को हँसी आ गई- "आप उसकी चिंता मत करिए! डाकुओं की एक पूरी फौज मेरे पास है। मैं आपको डाकू दूंगा, आप उन्हें अपना गुलाम बनाओ। फिर आपके यह खूंखार डाकू स्वामी धर्मानंद के कमज़ोर और अहिंसक भक्तों के बीच आपकी आयतों और विचारों को पहुँचाएंगे। तब लोग धर्मानंद को छोड़कर आपके रास्ते पर चलेंगे। ताकत और इबादत का बेजोड़ मेल होगा आपका धर्म, जिसे चला रही होगी आपकी लिखी हुई आयतें। किसी भी युग की कहानी उठाकर देख लो, इतिहास गवाह है कि इस धरती पर पाप, अपराध और अधर्म का ही राज रहा है, हमेशा उसी की जीत होती रही है। धर्म की जीत तो तभी होती है, जब कोई अवतार होता है और वो भी हज़ारों-लाखों सालों में

एक बार! और कोई अवतार होता भी है??? ये किसने देखा, सिर्फ किताबों और ग्रंथों में ही तो पढ़ा है। हूं....हूं....हूं....हूं... ।"

मौलाना ज़ाकिर इलियासी कुटिल हँसी हँसने लगा। नागेंद्र सिंह को उसकी सारी बात समझ में आ गई और जिज्ञासा वश उसने पूछा-

"कौन है यह डाकू और आपको कहाँ से मिल गए?"

इलियासी रहस्यमयी मुस्कराहट के पीछे का राज़ खोलते हुए बोला-

"मेरे डाकू सही मायनों में डाकू हैं। यह सब अलग-अलग देशों के रहने वाले लोग हैं। और जिन भी देशों के नागरिक थे, वहाँ पर यह चोरी करते थे, लूट-पाट करते थे, थोड़े से रुपए के लिए किसी को भी मार देते थे, औरतों के साथ-साथ छोटी-छोटी बच्चियों तक का रेप कर डालते थे। नशे और हथियारों की स्मगलिंग और छोटे-छोटे बच्चों की किडनैपिंग, कोई ऐसा अपराध नहीं था जो यह लोग न करते हों। जिस दिन इन देशों की सरकारें और पुलिस इनको पकड़-पकड़ कर सज़ा देने लगी, यह लोग अपने-अपने देश छोड़कर सेफ़ जगहों पर भागने लगे और ऐसे भागते-भागते उनकी नज़र पड़ गई आपके मुल्क हिंदुस्तान पर, और चोरी से छुपते-छुपाते यह आपके देश के अलग-अलग स्टेट्स के बॉर्डर पर आ बैठे हैं। सब के सब जानवर है, गुंडे हैं, खतरनाक हैं, बस इस वक्त लाचार हैं क्योंकि इनके पास रोटी कपड़ा और मकान, कुछ नहीं है। आप यह तीनों चीज इन्हें मुहैया कराइये, उसके बाद यह आपके गुलाम हुए। आपका बेवकूफ चेला भूपेश सिंह इन्हीं में अपना वोट बैंक ढूंढ रहा है, इनकी हकीकत जाने बगैर। हूं.. हूं.. हूं.. हूं... ।"

अब नागेंद्र सिंह पूरी तरह से आश्वस्त हो गया। और उसने सीधा प्रश्न किया- "तो कब से शुरू करना है?"

इलियासी - "कल सुबह से ही। लेकिन सबसे पहले आपको अपना यह धर्म छोड़ना होगा, इसमें धर्मानंद के विचारों की बू आती है। कल सुबह आप इस्लाम कबूल करेंगे। मैं आपको इस्लाम की दावत देता हूँ।"

नागेन्द्र ने कुछ आश्चर्य मिश्रित स्वर में पूछा- "इस्लाम कबूल करना जरूरी है?"

इलियासी का दो-टूक उत्तर- "हाँ, ज़रुरी है। क्योंकि यह जितने भी डाकू मैं आपको दे रहा हूँ सब अलग-अलग देशों से आए हुए और अलग-अलग धर्मों को मानने वाले थे, पर मैं सबको ऐश करने, राज करने और जन्नत में हूरों से मज़े लूटने का लालच देकर कन्वर्ट कर चुका हूँ। अब सब मुसलमान हैं। मैं इन लोगों को यकीन दिला चुका हूँ कि मुझे ख़ुदा ने इनपर राज करने के लिए भेजा है, मैं ही इनका फरिश्ता हूँ। यह लोग तेवर से भले ही खतरनाक हों, लेकिन अनपढ़, गँवार और दिमाग से पैदल हैं। आसमानी किताब में लिखी हुई बातों को हूबहू अमल में लाते हैं और मैंने उस किताब में छेड़छाड़ करके अपनी खुद की आयतें जोड़ दी हैं और यही काम अब आपको भी करना है। अपने पाप शास्त्र की कुछ आयतें उनकी किताब में जोड़ दीजियेगा, और कयामत तक मूंग दलियेगा धर्मानंद और उसके धर्म छाती पर। हूं.. हूं.. हूं.. हूं... (एक पल रुककर) अब चलता हूँ, कल सुबह आपसे मुलाकात होगी।"

...और धर्मगुरु ज़ाकिर इलियासी वहाँ से चला गया।

इलियासी चला गया। नागेंद्र के घर के बाहर पार्टी के दूसरे साथी कार्यकर्ता खड़े थे। भूपेश का एक साथी कार्यकर्ता जो उम्र में भूपेश से बड़ा था उसने सब कुछ समझने के बाद भूपेश को चेतावनी दी-

"तुम राजनीति में जिस राह पर चलकर कामयाबी की मंजिल तलाश रहे हो भूपेश! याद रखना यह रास्ता सिर्फ एक ऐसे अंधेरी सुरंग की तरफ़

जाता है, जिसका कभी न खत्म होने वाला घुप्प अंधेरा तुम्हें निगल जाएगा। तुम अजगर के मुँह में अपना सिर दे रहे हो! भूपेश।"

भूपेश सिंह ने एक विषैली मुस्कान के साथ उस नेता को देखा और उसकी चेतावनी को नजरअंदाज कर हँसा और एक तीक्ष्ण व्यंग्य मारा -

"यह जो नागेंद्र सिंह है जिसको हम नेताजी.. नेताजी करके इसके आगे-पीछे घूमते हैं, यह एक बहुत बड़ा चूतिया है, पप्पू है साला; इसके बाप-दादा इसके लिए कुछ करोड़ की संपत्ति छोड़ गए हैं। और अपनी उस दौलत के बल पर यह राजनीति में मुकाम बनाना चाहता है। इस साले का तो कुछ होना नहीं है, तो इसकी दौलत से हम अपना ही कोई मुकाम बना लें, तो दिक्कत क्या है?" और वह हँसता हुआ सारे साथियों के साथ वहाँ से चला गया।

.... और इन यादों के भंवर से निकल कर भूपेश सिंह आज वर्षों बाद अपने इस कटु वर्तमान में लौटता है, जहाँ वह खुद अपने ही रचे हुए चक्रव्यूह में फँसा हुआ था और निकलने का कोई रास्ता नहीं था।

४.

स्वामी धर्मानंद का शिष्य और उनका उत्तराधिकारी गोवर्धन शास्त्री भी उन्हीं की तरह एक हठ-योगी और ब्रह्मचारी का जीवन बिता रहा है और उसकी इसी प्रवृत्ति ने निर्मला को बेचैन करके रख दिया है। वह महीनों से गोवर्धन की सेवा कर रही है। वह गोवर्धन से प्रेम करती है, और यह बात वह गोवर्धन को बता भी चुकी है, और गोवर्धन उसके मन की स्थिति को जानता भी है, पर फिर भी निर्मला उसके आसपास ऐसे रहती है जैसे है ही नहीं। उसे समझ आने लगा कि अगर गोवर्धन का हृदय जीतना है तो, सेवा-सुश्रुषा नहीं बल्कि रूप-सौन्दर्य के आकर्षण से ही उसे प्रेमपाश में बाँधा जा सकता है और इसकी योजना भी उसने बना डाली। यह बात जग जाहिर है कि गोवर्धन सुबह सूर्योदय से पहले उठ जाता है और नदी में स्नान करने चला जाता है। आज निर्मला ने सुबह 4:00 से पहले का अलार्म लगा दिया। वह सुबह गोवर्धन से पहले उठी और नदी के किनारे झाड़ियों के पीछे छुपकर गोवर्धन के आने का इंतजार करने लगी। अपने नियत समय पर गोवर्धन उठता है और शौचादि से निवृत्त होकर, स्नान करने के लिए नदी की ओर बढ़ता है। निर्मला ने अपनी माया का प्रभाव डालना शुरू किया; उसने एक-एक कर अपने वस्त्र उतारे और रास्ते में फेंकने शुरू कर दिए - पहले साड़ी, फिर ब्लाउज, फिर पेटिकोट और फिर निर्वस्त्र होकर मस्त चाल में नदी की ओर चल पड़ी। गोवर्धन को नदी के रास्ते में एक-एक करके वस्त्र दिखाई देते हैं, वह वस्त्रों को देखता है और कदम दर कदम नदी की ओर बढ़ता जाता है। निर्मला निर्वस्त्र आगे-आगे मदमस्त चाल चल रही है और गोवर्धन अपने

ध्यान में स्थिर पर तेज़ कदमों से पीछे-पीछे। अपने दोनों हाथ जोड़कर, आँखें बंद कर वह नदी में प्रवेश करता है और गायत्री मंत्र का जाप करते हुए नदी में क्रमशः डुबकियाँ भी लगाता है और सूर्य को अर्घ्य भी देता है। निर्मला बार-बार उसकी आँखों के सामने तो आई पर शायद उसे नज़र ही नहीं आई। वह हर सुबह की तरह आज भी विधिवत् स्नान करता है और स्नान पूरा होने पर नदी से बाहर निकल कर चला जाता है। निर्मला के आत्म सम्मान को या यूँ कहें कि उसके अहंकार और उसकी आत्ममुग्धता को चोट पहुँचती है। अपने रूप-सौंदर्य और मादकता का ऐसा तिरस्कार उसे बर्दाश्त नहीं होता है! वह प्यासी मछली और घायल नागिन की तरह तड़पती हुई नदी से बाहर निकली और दौड़कर गोवर्धन से लिपट गई और गोवर्धन की पीठ पर ऊपर से नीचे तक बेतहाशा चुंबन अंकित करने लगी, उस पागल बिरहन को देखकर ऐसा लगता है मानो अपने होंठों और दाँतों से गोवर्धन की पीठ को ही लाल कर देगी। गोवर्धन ने अपनी आँखें बंद कर लीं, ऊपर आसमान की ओर देखा और ज़ोर से बोला- "माया जब जाल फैलाए, बजरंग बली तब पार लगाए। ऊँ श्री रामदूताय पवनसुताय नमः। जय बजरंगबली" और ऐसा कहकर उसने एक हाथ पीछे घुमा कर मारा और निर्मला छिटकती हुई दूर जा गिरी। उसके मुँह से चीख निकल गई। गोवर्धन ने साड़ी उठाई और निर्मला के नग्न शरीर पर डालकर तेज़ कदमों से कुटिया की ओर चला गया।

निर्मला अपना तन ढक कर आश्रम में अपनी कुटिया में पहुँची। उसका तेज, ताप, मान, अभिमान आज सब कुछ दर्पण की तरह टूट कर चूर हो चुका था। बार-बार उस क्षण को याद करके वह रो पड़ती अपने गाल नोंचने लग जाती। आत्महत्या करने के विचार उसके मन में आने लग गए थे। आईने के आगे खड़े होकर वह अपनी काया को ऊपर से नीचे तक देख कर रोने लगी। हर बार उसकी आँखों के आगे वही दृश्य दौड़ जाता, जब गोवर्धन उसके नग्न शरीर पर साड़ी फेंक कर चला गया था।

उसे अपने आप से घिन्न होने लगी और दोनों हाथों से मुँह ढाँप लिया और फिर से अपना चेहरा नोंचने लगी, फिर मुँह से हाथ हटाया, घृणित दृष्टि अपने चेहरे पर डाली और आईने पर थूक दिया और निढाल होकर खाट पर गिर पड़ी। अभी खाट पर लेटे मुश्किल से कुछ ही मिनट बीते होंगे कि दरवाज़े पर खटखटाहट हुई उसने पूछा-

"कौन है?" आवाज आई- "जल्दी आइए स्वामी जी ने बुलाया है।"

यह सुनते ही निर्मला का मन घबरा उठा, दिल में धक् सी हुई, पर मन में कौतूहल भी जागा कि शायद उसकी तपस्या सफल हो गई हो। "आती हूँ" कहकर उसने अपना हुलिया ठीक किया, मुँह पोंछा और दरवाज़ा खोल दिया। सामने आश्रम के कुछ लोग खड़े थे। बिना कुछ पूछे वह उनके साथ चल दी।

सूर्य चढ़ना शुरू हुआ गोवर्धन एक स्कॉर्पियो गाड़ी में ड्राइवर के बराबर वाली सीट पर बैठा था। निर्मला पिछली सीट पर बैठी, एक अन्य साधक उसके बराबर में बैठा और कई गाड़ियों का काफ़िला तेज़ी से निकल पड़ा।

पहले विद्यालय का दौरा हुआ प्रधानाचार्य समेत अध्यापक-गण उनके स्वागत में जुटे। विद्यालय के छोटे-बड़े बच्चे सब गोवर्धन शास्त्री के पैरों पर गिरते और गोवर्धन उनको आशीर्वाद देते हुए आगे बढ़ता रहा। निर्मला को यह सब देखकर आश्चर्य हुआ और गोवर्धन के मित्र विष्णु से पूछा-

"यह इतने सारे स्कूल और उनके टीचर्स महाराज जी को कैसे जानते हैं?"

"यह सारे विद्यालय महाराज जी ने ही बनवाए हैं और जितने भी अध्यापक हैं, सबको नौकरी देने का और सारे बच्चों को निशुल्क शिक्षा का प्रावधान भी महाराज जी ने ही करवाया है।"

प्रधानाचार्य समेत अध्यापकों के समूह से गोवर्धन ने पूछा- "कोई परेशानी तो नहीं विद्यालय के संचालन में? किसी प्रकार की कोई आर्थिक या कोई अन्य परेशानी?"

"नहीं महाराज, ईश्वर की कृपा और आपके सामर्थ्य का ही परिणाम है कि हमारे पास कोई कमी या परेशानी नहीं है।"

एक अध्यापक ने कहा - "बल्कि महाराज जी! हमारे बच्चों के चारित्रिक, शारीरिक विकास और पारंपरिक शिक्षा के साथ मॉडर्न एजुकेशन देने की नीति के चलते देश के अलग-अलग राज्यों के धनवान और संपन्न लोग भी अब अपने बच्चों को हमारे विद्यालय में पढ़ना चाहते हैं।"

गोवर्धन के चेहरे पर संतोष की लकीरें और चेहरे पर मुस्कान उभरी - "यह बहुत अच्छी बात है और हमारे साथ-साथ पूरे समाज के लिए बहुत अच्छा है। पर हमें ध्यान रखना होगा कि धनवान घरों के बच्चे भी यहाँ उसी प्रकार रहें, जिस प्रकार निर्धन घरों के बच्चे। जाति, वर्ग या अर्थ आधारित भेदभाव का कोई कारण ना हो।"

प्रधानाचार्य - "प्रवेश के समय यह सारी बातें हम स्पष्ट रूप से अभिभावकों को बता देते हैं महाराज जी।"

"चलने से पहले एक बार फिर मैं आप लोगों को बहुत-बहुत धन्यवाद और साधुवाद देना चाहूंगा कि आप कठिन परिश्रम से बच्चों को पढ़ा रहे हैं। जय श्री राधे।"

"जय श्री राधे महाराज जी।"

—-------------------------

विद्यालय से निकल कर यह काफिला अस्पतालों के निरीक्षण को निकल पड़ा और वहाँ भी लगभग वैसा ही दृश्य था आधुनिक सुपर स्पेशलिटी हॉस्पिटल! हर प्रकार के आधुनिक यंत्रों और संपूर्ण सुविधाओं से लैस

अस्पताल। डॉक्टर गोवर्धन और उसके शिष्यों के स्वागत के लिए दौड़ते हैं और मरीजों के लिए तो मानो साक्षात् भगवान ही अस्पताल में आ गए हों। वे अपने बेड छोड़कर गोवर्धन के पैर छूने को उद्धत थे, पर गोवर्धन खुद उन्हें रोककर उनके हाल-चाल जान रहा था।

गोवर्धन के मित्र विष्णु ने निर्मला से कहा- "हमारे पूज्य महागुरु स्वर्गीय स्वामी श्री धर्मानंद जी महाराज ने स्वप्न देखा था- इन विद्यालयों और इन अस्पतालों का! अपने जीवनकाल में तो वे अपने सपनों को पूरा नहीं कर पाए थे; पर गोवर्धन महाराज जी ने उन सपनों को पूरा करने की शपथ ली और ऐसी लगन लगी कि कुछ ही वर्षों में सब कुछ मानो खुद ब खुद अपने आप ही होता चला गया।"

अब निर्मला की सोच में गोवर्धन के लिए परिवर्तन आना शुरू होता है। आँखें कुछ नम होती हैं और यह नम आँखें गवाही दे रही थी, गोवर्धन के सामने उसकी पराजय की। विष्णु आगे बोला -

"आज का व्याख्यान महाराज सभी विद्यालयों और अस्पतालों के अध्यापकों, चिकित्सकों और मरीजों के सामने ही देंगे अब हमें वहीं चलना है।"

सभी लोग बड़े से मैदान में पहुँचे जहाँ मंच तैयार था और गुरु जी के व्याख्यान का स्वागत करने के लिए सभी डॉक्टर और अध्यापक मौजूद थे। सब लोग अभिवादन करते हैं गोवर्धन का और अभिवादन स्वीकार करते हुए गोवर्धन मंच पर पहुँचता है और व्याख्यान शुरू करता है-

"आप सभी लोगों का धन्यवाद कि जैसा वातावरण बनाने का संकल्प हमारे पूज्य गुरुओं ने लिया था हम उस दिशा में सफलतापूर्वक बढ़ रहे हैं, जो आपके सहयोग और आशीर्वाद के बिना संभव नहीं था। विद्यालय

और अस्पताल यह वे आधारभूत ढांचे हैं, जो एक सभ्य और स्वस्थ समाज के लिए अति आवश्यक हैं..........................!"

गोवर्धन बोलता चला गया! दुनिया सुनकर तालियाँ बजाती रही! पर निर्मला तो मानो कुछ सुन ही नहीं रही थी, वह सपनों के एक ऐसे संसार में चली गई थी जहाँ पर सिर्फ वह और गोवर्धन है और सिर्फ प्यार ही प्यार है ; किंतु इस बार का प्रेम, अलौकिक प्रेम है, आत्मिक प्रेम है, इस प्रेम में साधना है और वासना का दूर-दूर तक कोई स्थान नहीं है। लोगों की तालियों और "जय-जयकार" से वह स्वप्निल संसार से निकल कर प्रत्यक्ष संसार में आती है और अंत में जो बात गोवर्धन ने कही वह उसके अंतर्मन में भीतर तक घुसक गहरा असर डाल गई-

"हमें अपने नवयुवक बच्चों को यह बात समझानी होगी कि मोह-माया और काम-वासना हमें बीमार बनाती है, हमें कुरुप बनाती है, और ईश्वर प्राप्ति के मार्ग से हमें भटकाती है। इस संसार में जो कुछ भी सुंदर लग रहा है, ज़रा ध्यान से देखो, उससे ज़्यादा कुरुप कुछ भी नहीं, उससे ज़्यादा बदसूरत कुछ भी नहीं। स्त्री के शरीर की प्रशंसा में कवि और लेखक चाहे जितने छंद और ग्रंथ लिख डालें, पर मेरे लिए एक जीवित पराई स्त्री का शरीर, एक लाश से अधिक कुछ नहीं है। एक मृत शरीर को अगर मैं दूर से ही प्रणाम करता हूँ और उस ओर देख भी नहीं पाता हूँ, तो जब वही शरीर जीवित है तो उसके प्रति अपने मन में कोई आसक्ति कैसे रख सकता हूँ? ऐसा करना मेरे लिए नर्क का मोह पालने जैसा है। मैं अनंत से प्रेम करता हूँ, आत्मा से प्रेम करता हूँ, चेतना से प्रेम करता हूँ, ईश्वर से प्रेम करता हूँ और यही वह भावना है जो एक स्वस्थ, शिक्षित और सभ्य समाज को जन्म भी दे सकती है और उसे स्थापित भी कर सकती है! और यही बात हमें अपने बच्चों को समझानी होगी।"

संसार तालियाँ बजाता है। सभा खत्म होती है लेकिन निर्मला सबसे पहले मैदान छोड़कर भागती है और सीधे एक गाड़ी में जा बैठती है। गोवर्धन समेत सभी लोग अपनी-अपनी गाड़ियों में बैठते हैं और सीधा आश्रम पहुँचते हैं।

—-----------------------------------

गाड़ी से उतर कर, बिना किसी औपचारिक अभिवादन के या बिना किसी से मिले निर्मला सीधे अपनी कुटिया की ओर भागती है और कुटिया में पहुँचकर अंदर से दरवाजा बंद कर लेती है। और घिसट कर दरवाज़े के सहारे बैठ जाती है और आँखें बंद कर लेती है, वे आँखें जो पूरी तरह से भीग चुकी थीं, पश्चाताप के आँसुओं से, परिवर्तन के आँसुओं से, संतोष के आँसुंओं से और यह आँसू इस बात का प्रमाण थे कि काम, क्रोध, लोभ, मद, वासना, सारे तमोगुण इन आँसुओं के रास्ते उसे छोड़कर जा चुके हैं और अब इनके स्थान पर प्रेम, भक्ति, साधना और आराधना ले चुके हैं। दीवार पर माँ सरस्वती की वीणा बजाती हुई बड़ी सी तस्वीर लगी हुई थी। वह तस्वीर देखते हुए उठती है, तस्वीर की ओर बढ़ती है और फिर माँ सरस्वती के पैरों पर अपना सिर पटक कर निढाल होकर गिर पड़ी।

अगले दिन प्रातःकाल आज एक बार फिर वह गोवर्धन के उठने से पहले उठी। और गोवर्धन के उठने से पहले ही स्नान आदि से निवृत हुई। एक अच्छी सी गेरुआ रंग की सादी साड़ी पहनी और माँ सरस्वती की तस्वीर के आगे नतमस्तक हो गई।

गोवर्धन के उठने का समय हो चुका था, लेकिन आज की नींद उसके रोजाना के समयानुसार न खुलकर वीणा की मधुर वाणी के कानों में पड़ने के कारण खुली। गोवर्धन को आश्चर्य हुआ इतनी मधुर तान उसने पहले कभी नहीं सुनी थी। सिर्फ गोवर्धन ही नहीं बल्कि आश्रम के सारे सदस्यों, साधकों, सेवकों, सेविकाओं और आश्रम के पशु-पक्षियों को भी

वीणा की मधुर वाणी के साथ निर्मला के मधुर स्वर में सरस्वती वंदना ने जगा दिया। सारा वातावरण खुशनुमा, ओजपूर्ण और ताज़गी से भरा हुआ हो गया, पर इस सबसे बेखबर निर्मला आँखें बंद किए अपनी ही धुन में सितार वादन किए जा रही थी।

दिन चढ़ने को हुआ तो वह अपनी वीणा साधना से उठी, तेज़ कदमों से निकली और कदम सीधे पहुँच कर ठहरे आश्रम की गौशाला में! जहाँ सैकड़ो गाएँ बंधी थी और चारा खा रही थी। उन्हीं गायों के बीच में उसकी नज़र पड़ी एक प्यारी सी गाय की बछिया पर! बछिया इतनी प्यारी थी कि निर्मला अपने को रोक नहीं पाई और उसके पास जाकर पहले तो उसका माथा और उसकी पीठ को सहलाया, फिर भावुक होकर उसे अपने गले लगा कर ज़ोर-ज़ोर से रोने लगी।

इस प्रकार रोज सुबह वीणा बजाना और उसके बाद घंटे गायों की सेवा करना उसका नित्य कार्यक्रम बन चुका था।

इसी क्रम में, एक दिन जब वह अपने कुटिया में वीणा बजा रही थी, एक सेवक ने प्रवेश किया-

"आपको गुरुदेव ने परामर्श सभा में बुलाया है।"

निर्मला सभा में पहुँची वहाँ पहले से कई अन्य साधक और साधिकाऐं मौजूद थीं। गोवर्धन से आज्ञा लेकर वह अपने स्थान पर बैठती है। आज गोवर्धन उसे बहुत ही बदली हुई दृष्टि से देख रहा था और स्नेह से बोला -

"पहले पक्षियों के चहचहाने से हमारी नींद खुलती थी, पर पिछले कुछ दिनों से आपकी वीणा की तान से नींद खुलती है। बहुत अच्छा बजाती हो।"

"जी धन्यवाद स्वामी जी! माता सरस्वती का आशीर्वाद प्राप्त हुआ है; ज्ञान का अंकुर फूटा है।"

"माँ सरस्वती का आशीर्वाद सदैव आपको प्राप्त होता रहे। आज हमने यह सभा किसी विवाद को समझने के लिए बुलाई है कि क्या धर्म और राजनीति का घालमेल करना उचित होगा, और अगर होगा तो कितना उचित होगा?"

विष्णु ने उत्तर दिया- "नहीं महाराज बिल्कुल भी उचित नहीं होगा। हम सब धर्म-मार्गी हैं, जो सांसारिकता से मुक्त रहना चाहते हैं; जबकि राजनीति तो सांसारिकता का सबसे बड़ा केंद्र है। धर्म और राजनीति का घालमेल दोनों के लिए ही घातक होता है। राजनीतिज्ञ के अपने फायदे के लिए धर्म का इस्तेमाल करेंगे और धर्म-साधक अपना असल उद्देश्य भूल कर राजनीतिज्ञों के हाथ की कठपुतली बन जाएंगे।"

गोवर्धन ने तमाम अपने साथियों स्त्रियों और पुरुषों की ओर देखा और फिर सबसे पूछा- "क्या आप सब की राय विष्णु की राय से मिलती है?"

"जी हाँ स्वामी जी, हम सब का मानना यही है कि धर्म और राजनीति एक दूसरे से पृथक होनी चाहिए।"

गोवर्धन उत्तर पाकर संतुष्ट हुआ- "हूं... आप लोगों का मत मेरे मतानुकूल ही है। तो मुझे इस प्रकार के किसी भी प्रस्ताव को अस्वीकार कर देना चाहिए!"

विष्णु ने पूछा- "किस तरह का प्रस्ताव आया है स्वामी जी?"

गोवर्धन - "प्रबल सिंह की ओर से प्रस्ताव आया है कि आने वाले विधानसभा चुनावों में अगर हम उसकी पार्टी के लिए अपने सभी भक्तों के बीच चुनाव प्रचार करें, तो वह हमें अपने नए आश्रम, नई गौशालाएँ,

नए विद्यालय और नए अस्पताल बनाने के लिए और अधिक भूमि आवंटित करेगा ताकि हम धर्म-मार्ग पर और तेज़ी से अग्रसर हो सकें।"

विष्णु कुछ कहने को ही था कि गोवर्धन ने इशारे से रोक दिया। वह अन्य साधकों की राय जानना चाहता था। यह प्रस्ताव सुनकर अब बाकी लोगों की राय बदल जाती है। एक साधक बोला-

"यदि प्रबल सिंह जी का ऐसा प्रस्ताव है तो यह स्वागत योग्य है। अधिक से अधिक लोगों को धर्म से जोड़ने के लिए हमें अधिक आश्रम, अधिक गौशालाएँ, अधिक विद्यालय और अधिक अस्पतालों की आवश्यकता है। मेरा ख्याल है हमें इस प्रस्ताव को स्वीकार कर लेना चाहिए।"

गोवर्धन ने देखा कि लालच अपना चोला बदलकर इस सभा में प्रबल सिंह के प्रस्ताव के रूप में आ गया है और सभी धर्म-साधकों के मस्तिष्क में घर कर गया है; पर वह निर्मला को वह भेद नहीं पाता है।

निर्मला प्रतिकार करती है- "जी नहीं स्वामी जी धर्म और राजनीति का गठजोड़ किसी भी स्थिति में उचित नहीं हो सकता। धर्म अगर एक गाँव है, तो राजनीति एक बीहड़ है और बीहड़ में सिर्फ़ हिंसक पशु और डाकू-लुटेरे ही मिल सकते हैं, जो किसी भी गाँव को सिर्फ उजाड़ ही सकते हैं। कोई नया गाँव कभी बसा ही नहीं सकते।"

अब विष्णु बोला- "किंतु देवीजी देश-दुनिया में जो भी तरक्की हुई है, जो भी भौतिक विकास हुआ है, वह सब राजनीति के कारण ही तो है। हमारा और उनका मार्ग अलग है, पर उन्हें बीहड़ के पशु या डाकू कहना तो उचित नहीं है!"

निर्मला - "आप सब महानुभावों को धर्म का ज्ञान मुझसे कहीं अधिक है इसलिए किसी भी गलती के लिए मैं क्षमा चाहूंगी! किंतु मैं जो कहना चाह रही हूँ, वह यह कि हमें राजनीतिज्ञों से कोई मदद नहीं लेनी चाहिए;

चाहे वह कितना भी बड़ा प्रस्ताव क्यों ना दें। हमें स्मरण रखना चाहिए कि यह वही आश्रम है जो हमारे पूज्य गुरुजनों ने दो पग भूमि पर बसाया था। उन्होंने घर-घर भिक्षा मांग कर, गली-गली प्रचार कर, आज आश्रम को इतना विशाल बना दिया है कि यहाँ से हजारों-लाखों लोगों को निःशुल्क भोजन, शिक्षा और रोगियों को निःशुल्क इलाज मुहैया करा पा रहा है। तो अबतक, जब सब कुछ ईश्वर की इच्छा अनुसार हुआ है; फिर किसी भी प्रलोभन में फँसना क्यों? हम गाँव-गाँव, शहर-शहर और देश-विदेश में जाकर धर्म का प्रचार करेंगे और स्वयं विकसित होंगे।"

और यह विचार सुनकर हर किसी ने मेज़ थपथपा कर इसका जोरदार स्वागत किया गोवर्धन के लिए निर्मला का यह बदला हुआ व्यवहार और विचार दोनों ही सुखद रूप से आश्चर्यजनक थे।

रात का समय था सुनैना बिस्तर पर लेटी थी और प्रबल उसके शरीर पर मार के कारण पड़ी हुई सूजन और जख्मों को सहला रहा था, गुनगुने पानी में कपड़ा भिगो-भिगो कर जख्मों पर सिकाई कर रहा था। सुनैना बीच-बीच में दर्द से कराह उठती, तो वह जल्दी से वहाँ से गर्म कपड़ा हटा लेता और मुँह से फूँक मार कर उसका दर्द कम करने का प्रयास करता। कुछ उदास और दुखी मुद्रा में वह उससे बात करने लगा-

"तुझे क्या लगता है सुनैना क्या मैं तुझसे प्यार नहीं करता?"

सुनैना ने कोई उत्तर नहीं दिया, उसके जख्मों को सहलाने के बाद अब वह उन ज़ख्मों पर चूमने लगा और स्नेहमयी होकर बोला-

"तुझे ज़ख्म देने में मुझे कोई मज़ा नहीं आता है! पर तेरे जख्मों को सहलाने और उन पर मरहम लगाने में सचमुच मुझे बहुत मज़ा आता है।"

सुनैना की आँखों में आँसू आ जाते हैं और वह भावुक होकर बोल उठती है-

"तो इसलिए ज़ख्म देते हो मुझे ताकि जख्मों को सहलाने का मज़ा मिल सके!"

"तू अच्छी तरह से जानती है सुनैना कि मैं तुझे यह ज़ख्म क्यों देता हूँ? गोवर्धन शास्त्री और उसका वह आश्रम मेरा दुश्मन है और मेरी बीवी मेरे दुश्मन की तस्वीर अपने घर में लगाती है और उसकी पूजा भी करती है, तो मैं और क्या करूं?" (फिर एक गहरी साँस छोड़ कर आगे बोला)- गोवर्धन की और मेरी सोच में बुनियादी फ़र्क है। उसने धर्म के लिए बाप को छोड़ा ; मैंने बाप के लिए धर्म को छोड़ा। उसने मुझे तब छोड़ा, जब उसकी दोस्ती, उसके साथ की मुझे सख़्त ज़रूरत थी। मेरी पूरी ज़िंदगी जहन्नुम बन गई और वो धर्म की अफ़ीम चाटकर मेरी बर्बादी का तमाशा देखता रहा। उसके लिए माँ-बाप, रिश्ते-नाते, यारी-दोस्ती इन सब की कोई अहमियत नहीं। मैंने उसे गैरों की खातिर इन सब का ख़ून करते देखा है। (एक गहरी साँस और भरते हुए) उसके लिए भले ही हम सब मर चुके हों, लेकिन मेरे दिल में उसके लिए आज भी जगह है, और शायद इसलिए मैं इस दोस्ती को एक मौका और देना चाहता हूँ। सालों पहले मेरा बाप अपने लिए स्वामी धर्मानंद से वोट मांगने गया था, आज मैं भी तेरे बाप के लिए उससे वोट मांगने जाऊंगा। उम्मीद है वह स्वामी धर्मानंद की तरह मना नहीं करेगा। और मना किया भी, तो उसके साथ उससे भी बदतर होगा, जो मेरे बाप ने उस धर्मानंद के साथ किया था।

मेरा बाप अकेला था, लेकिन मैं अकेला नहीं हूँ, बीस लाख से ज़्यादा जेहादियों और मुजाहिदीनों की फौज मेरे साथ है, जो मेरे एक इशारे पर उसे उसके आश्रम के साथ उखाड़ कर फेंक देंगे।"

अपने पति के इन भावुक विचारों को सुनकर सुनैना भी भावुक होकर, उसके सिर पर हाथ फेरते हुए प्यार से बोली- "मैं जानती हूँ प्रबल कि आप मुझसे बहुत प्यार करते हैं और विश्वास कीजिए आपके अलावा मेरी जिंदगी में कोई और इंसान आपसे ज़्यादा अहमियत नहीं रखता है। आप के और गोवर्धन शास्त्री के बीच में से, अगर मुझे किसी एक को चुनना हो तो मैं एक बार नहीं, हज़ार बार सिर्फ आप ही को चुनूंगी क्योंकि आप मेरे जीवन साथी हो, सात जन्मों का संबंध है आपके साथ।"

यह सुनकर प्रबल को मज़ा आया। कुछ नशा सा हुआ-

"वाह! कितना कूल है तुम काफिरों के लिए यह कहना की शादी सात जन्मों का संबंध है। हमारे लिए तो बस एक समझौता है, साथ रहने का, सेक्स करने का, बच्चे पैदा करने का।"

सुनैना भावनाओं में बह गई और अब कुछ ऐसा कहने लगी जो प्रबल को बिल्कुल भी पसंद नहीं आने वाला था। बोली -

"यही तो मैं आपको समझाना चाहती हूँ परवेज़ कि यह मज़हब हमारे बीच में दीवार बन गया है। आप कहते हैं कि औरत जोतने वाला खेत है जबकि हमारा सनातन धर्म स्त्री को जगत्-जननी कहता है। उसे माँ का दर्ज़ा देता है, उससे मारपीट करने की जगह 'यत्र नार्यस्तु पूज्यंते, रमंते तत्र देवता' का मंत्र देकर उसे पूजने को कहता है........" सुनैना अपनी रौ में बहते हुए बोले जा रही थी, इस बात से अनजान कि प्रबल सिंह की क्रोधाग्नि इन बातों से भड़क रही है। सुनैना कहती रही-

"सत्य सनातन धर्म में औरत को कम-अक्ल और नासमझ समझने की बजाय उसे शक्ति और बुद्धि का प्रतीक बताया गया है। वह दुर्गा है, लक्ष्मी है और सरस्वती भी है..........." प्रबल सिंह का क्रोध अब अनियंत्रित होने लगा जिसे नियंत्रित करने की कोशिश में वह गहरा श्वास खींचने लगा। सुनैना बोलती रही - "....... स्त्री सिर्फ प्यार करने के लिए ही नहीं बल्कि मान-सम्मान पाने की भी अधिकारी है और धर्म शास्त्रों में उसे मर्दों से भी ज़्यादा ऊँचा दर्जा दिया गया है।"

प्रबल सिंह के क्रोध का प्रवाह उसके सब्र के बांध को तोड़ देता है। वह घुमा कर एक हाथ सुनैना के गालों पर चला देता है और ज़ोर से चिल्लाता है-

"साली, हरामजादी, कुतिया, गुस्ताख औरत! तेरी ऐसी मजाल जो मेरे सामने काफिरों के कुफ्र को जायज़ ठहरा रही है! मेरे बाप के लिखे हुए पाप शास्त्र का मज़ाक बना रही है! तेरे शास्त्रों में औरत का दर्जा जो होगा सो होगा, मेरे मजहब में औरत का क्या दर्जा है, ले अब तुझे दिखाता हूँ और प्रबल सिंह ने चीखती चिल्लाती सुनैना के कपड़े फाड़े और शरीर के नग्न हिस्सों पर थप्पड़ बरसाता हुआ जानवरों की तरह चिल्लाया-

"तू ऐसे नहीं मानेगी आज रात भर तुझे मारूंगा और कल पूरा दिन तेरे बाप को मारूंगा। उसके बाद इंशाल्लाह तू जरूर लाइन पर आ जाएगी।"

और इसके बाद पूरा कमरा सुनैना की चीखों से दहल उठा। जंगली पशु ने अपनी ही पत्नी का निर्ममता से बलात्कार कर डाला।

गोवर्धन से मिलने की योजना को अंतिम रूप देने के लिए प्रबल सिंह मुख्यमंत्री भूपेश सिंह समेत पार्टी के कई अन्य वरिष्ठ, कनिष्ठ नेताओं और कार्यकर्ताओं के साथ मीटिंग में बैठा था। मुख्यमंत्री भूपेश सिंह ने पूछा-

"क्या तुम्हें पक्का विश्वास है कि स्वामी गोवर्धन शास्त्री हमारे लिए चुनाव प्रचार करेंगे।"

प्रबल सिंह ने लापरवाही से कहा- "हाँ, उसकी चिंता आप मुझ पर छोड़ दीजिए।"

भूपेश - "गोवर्धन शास्त्री भी अपने गुरु स्वामी धर्मानंद की तरह कट्टर है! राजनीतिक दखलअंदाजी उसे बिल्कुल पसंद नहीं है, और बेईमानी का पैसा वह लेगा नहीं। धर्मानंद के समय के मुकाबले आज उसका आश्रम और उसके भक्त कई गुना बढ़ चुके हैं, कहीं बात खराब न हो जाए, एक बार पहले भी हम लंबा-चौड़ा फ़साद देख चुके हैं!"

प्रबल - "इतने लंबे-चौड़े फ़साद के बावजूद आज आप चीफ मिनिस्टर बने हुए हैं ना! तो डरते काहे को हैं? अभी हम छः पार्टियों की बैसाखी लेकर सरकार चला रहे हैं! ऐसा ही चलता रहा तो अगले बीस सालों तक भी गठबंधन वालों से भीख मांग-मांग कर सरकार बनाते रहेंगे! अपने दम पर मुख्यमंत्री बनना है कि नहीं? उसके लिए गोवर्धन शास्त्री का सपोर्ट चाहिए ही होगा। मेरे बचपन का दोस्त है, मुझे मना नहीं करेगा।"

एक वरिष्ठ नेता ने समझाने की कोशिश की- "देखो भूपेश, मैं भी इस पार्टी में तब से हूँ, जब तुम्हारे स्वर्गीय पिताजी नेताजी नागेंद्र सिंह ने यह पार्टी बनाई थी। धर्मानंद स्वामी से पंगा लेकर वह बर्बाद हो गए थे, तुम वही गलती क्यों कर रहे हो, हमारी मानो......... सटाक...ऽ..ऽ..ऽ....

वरिष्ठ नेता ने अपनी बात पूरी भी नहीं की थी कि इतना ज़ोर का झन्नाटेदार थप्पड़ प्रबल ने उनके गाल पर मारा कि वह कुर्सी से ही गिर पड़े। सब लोग ऐसे हो गए मानो साँप सूँघ गया हो। मुख्यमंत्री भूपेश सिंह सिर झुकाए शर्मिंदा होकर बैठे रहे। एक अन्य नेता उठ खड़ा हुआ और प्रतिकार करते हुए बोला-

“पार्टी के वरिष्ठ नेता का इतना बड़ा अपमान बर्दाश्त नहीं किया जाएगा। अपनी हरकतों के लिए तुम्हें माफी मांगनी चाहिए, प्रबल। तुम्हारे पिताजी ने इस पार्टी की नींव डाली थी, इसलिए हम तुम्हारा सम्मान करते हैं। तुम्हारी इस हरकत के लिए तुम्हें पार्टी अध्यक्ष पद से बर्खास्त किया जाना चाहिए.......” “धाँय..ऽ..ऽ..”

इन महोदय की बात भी अभी पूरी नहीं हुई कि प्रबल के पिस्टल से गोली चली और नेता का माथा भेद गई। नेता कुर्सी समेत फर्श पर अचेत हो गया और खून की एक पतली सी नाली उसके माथे से बह निकली। इधर नेता कुर्सी से गिरा और बाकी सारे नेता अपनी जगह से ऐसे उठे मानो कुर्सी पर करंट लग गया हो। केवल भूपेश सिंह दम साधे बैठे रहे।

प्रबल सिंह चिल्लाया- “बैठ जाओ, बैठ जाओ सालों, चूतीयों, बैठ जाओ वरना सारे के सारे मारे जाओगे। दिखाऊँ कैसे?”

उसने जेब से मोबाइल निकाला और एक बटन दबाकर कहा- “सईद।”

झट से दरवाज़ा खुला और सईद नाम का गुंडा अपने साथ बीसियों कुर्ता-पायजामा, दाढ़ी-टोपी धारी गुंडे वहाँ लेकर आ पहुँचा। इन सबके हाथों में चाकू-छुरे और लाठी-डंडे थे। उनके बदसूरत और खौफनाक चेहरे देखकर नेताओं की घिग्घी बंध गई।

प्रबल सिंह कड़क स्वर में बोला- “ध्यान से सुन लो! तुम लोग, तुम लोगों की यह डेमोक्रेसी और तुम लोगों का कांस्टीट्यूशन सब मेरे लिए मेरी रखैल से ज़्यादा कुछ नहीं है। और जिन लोगों को तुम अभी देख रहे हो,

यह मेरे पालतू कुत्ते हैं। यह गरीब लोग हैं, माइनारिटी हैं, देश में डर का माहौल होने की वजह से यह बेचारे डरे हुए हैं इसलिए सिर्फ चाकू-छुरा और लाठी-डंडे लेकर निकले हैं, जिस दिन तरक्की कर लेंगे, माइनारिटी से ऊपर उठकर मेजोरिटी बन जाएंगे, उस दिन ए०के०-47 और ए०के० 56 लेकर तुम्हारे घरों में घुस जाएंगे और वहाँ घुसकर क्या-क्या कर सकते हैं, यह अच्छे से समझ लो! (एक गहरी साँस भरकर) तुम लोगों को क्या चाहिए था - सत्ता, दौलत, ज़मीन-जायदाद, स्विस बैंक में बड़े-बड़े खाते! तो भोसड़ी वालों दे तो रहा हूँ, तुम्हें यह सब। चार सालों के हमारे शासन में क्या यह सब चीज़ें नहीं जुटाई हैं तुमने? अगले सौ सालों तक इस मुल्क पर कैसे राज किया जाए उसकी प्लानिंग करता रहता हूँ दिन रात! तो हरामियों अगले सौ सालों तक तुम और बाद में तुम्हारे बच्चे क्या यह ब्लैक-मनी जमा नहीं करेंगे? बताओ! बदले मुझे क्या चाहिए? सिर्फ इतना कि इस देश में जो धर्म है, जिसे तुम सनातन धर्म कहते हो, जिसका पहले वह धर्मानंद और अब उसका चेला, गोवर्धन ठेकेदार बनकर बैठे हैं, मुझे उस धर्म का नामोनिशान मिटाना है। मुझे इस हिंदुस्तान की डेमोग्राफी चेंज करनी है। जिस धर्म ने मुझे और मेरे बाप को ठुकराया, मुझे उसी धर्म को ठोकर मार कर इस मुल्क से बाहर निकालना है। नफ़रत का कीड़ा मेरी रगों में, मेरी नसों में, बैठकर मुझे काट रहा है, मुझे उस कीड़े को निकालना है। इसलिए जैसा बोल रहा हूँ, वैसा करते रहो।"

"तो हमें क्या करना चाहिए?" भूपेश सिंह ने सहमते हुए पूछा।

"तुम लोगों को कुछ नहीं करना है! जो मैं कर रहा हूँ, मुझे करने दो। और जो तुम लोगों से करने को कहूँ, चुपचाप वही करो। तुम लोगों को मेरा

वफ़ादार बनकर रहना होगा। और मेरे वफादार तुम तभी बनोगे, जब मेरी जमात में आकर के खड़े हो जाओगे। (ज़ोर से चिल्लाता है) मौलाना सादिक।"

आवाज़ सुनकर मौलाना सादिक तुरंत दौड़कर हाज़िर हो जाता है-

"जी हुज़ूर! गुलाम आपकी खिदमत में हाज़िर है। बताएँ क्या करना है?"

प्रबल सिंह ने एक नज़र मौलाना सादिक को देखा है और फिर गर्दन घुमा कर नेताओं की ओर देखकर उनसे कहा-

"जिस तरह यह मौलाना सादिक मेरा वफ़ादार है, मेरी एक आवाज़ पर दौड़ कर आता है, ऐसा ही तुमको बनना पड़ेगा। और उसके लिए तुम्हें इसके जैसा बनना पड़ेगा। (फिर मौलाना सादिक से मुखातिब होकर)- मौलाना सादिक! इन सबको कलमा पढ़ाओ और मुसलमान बनाओ ताकि यह और उनकी आने वाली पुश्तें हमारी वफ़ादार रहें, हमारे कहे रास्ते पर चलें। और अगर किसी ने ज्यादा ना-नुकुर की तो उसके जिंस (यौनांग) के साथ उसकी गर्दन भी छीलकर रख देना।"

प्रबल सिंह तेज़ कदमों से चला गया। मौलाना सादिक जमाल अपने मुल्लों के साथ नेताओं की टोली पर धावा बोल देता है। नेता भागने की कोशिश करते हैं, पर इस मीटिंग हॉल के हर दरवाज़े पर एक कसाई तैनात था, हाथ में भारी भरकम छुरा लिए। बेचारे नेता फँस जाते हैं और मौलाना सादिक जमाल उनसे कहता है-

"आओ, आओ.. आओ... अपनी मौत से बचना चाहते हो तो इस्लाम कबूल करो। घबराओ मत तुम पहले नहीं हो, बहुत सालों पहले हमारे बाप-दादाओ ने भी तलवार के ज़ोर पर सलवार पहनी थी, आज तुम्हारी

बारी है और फिर तुम्हारी आने वाली पीढ़ियाँ भी हमारी तरह इसी लिबास में रहेंगी।"

५.

प्रबल सिंह, अपनी लक्जरी गाड़ी लेकर तेज़ रफ्तार में दौड़ता हुआ सीधा अपने बचपन के दोस्त गोवर्धन शास्त्री के आश्रम की ओर चल पड़ा। आश्रम के विशाल मुख्य द्वार पर उसकी गाड़ी को रोकने के लिए आश्रम के सेवक हाथ से रुकने का इशारा करते हैं। गाड़ी में ब्रेक लगी और प्रबल सिंह गाड़ी से उतरकर गेट की ओर बढ़ा। आश्रम के द्वारपालों ने प्रबल सिंह को देखकर प्रणाम किया और गेट खोल दिए। प्रबल सिंह ने आश्रम में प्रवेश किया और सबसे पहले दर्शन हुए प्रांगण में लगी स्वर्गीय धर्मानंद की विशाल प्रतिमा के, जो फूल-मालाओं से लदी हुई थी। उसके सामने खड़ी वह प्रतिमा मानो सजीव हो उठी। प्रबल सिंह को स्मरण हो आईं वे स्मृतियाँ जब भारी भीड़ के बीच धर्मानंद ने नागेंद्र सिंह का अपमान किया था; उसकी दक्षिणा को ठुकराया था। वह क्रोध और घृणा के भावों को छुपाए स्वामी धर्मानंद की प्रतिमा की ओर देखते हुए आगे बढ़ जाता है। आश्रम की एक-एक दीवार, एक-एक हिस्सा, एक-एक कोना भक्तों और श्रोताओं के बैठने के लिए लगाई गई एक-एक बाड़, सब कुछ उसे भूतकाल की कड़वी यादों में ले जा रही थी और तभी आँखों के आगे एक हमलावर भगवाधारियों की भीड़ चिल्लाती हुई आई और प्रबल पर मानो चढ़ाई कर देती है। प्रबल घबरा उठता है और आँखें बंद कर खुद को बचाने को झुक जाता है। आश्रम का एक सेवादार, जो साथ चल रहा था उसने पूछा -

"क्या हुआ श्रीमान्?"

प्रबल को होश आता है। सामने कोई नहीं था पर हिंसक भीड़ और हिंसा के शिकारों की चीख-पुकार और हाहाकार का शोर उसके कान फाड़ रहा

था। मुख्य द्वार खुलता है और स्वागत को एक सेवक आता है- "आपका स्वागत है श्रीमान जी आइए।"

प्रबल- "बहुत छोटा आश्रम था। जब बहुत साल पहले मैं यहाँ आया था। अब बहुत बड़ा हो गया है।"

"जी सब प्रभु की कृपा है। स्वामी गोवर्धन शास्त्री जी महाराज का पुरुषार्थ है।"

"उन्हीं से मिलने आए हैं; कहाँ है वह? उनसे कहो कि उसके बचपन का यार मिलने आया है।"

"गुरुजी आज काम से बाहर गए हुए हैं। आपके विश्राम के लिए विशेष प्रबंध किया है।"

"अरे ऐसे कैसे चला गया। आज हमारी मीटिंग फिक्स थी उससे! उसे रुकना चाहिए था।"

"जी, किसी एक श्रद्धालु के बच्चे का स्वास्थ्य बिगड़ गया था, उसी को देखने गए थे। उनके लिए भक्त पहले हैं, बाकी सब बाद में। वैसे आपकी आवभगत के लिए हमारी साधिका, देवी निर्मला जी को विशेष निर्देश दे गए हैं।"

निर्मला का नाम सुनकर प्रबल सिंह के चेहरे पर जिज्ञासा के भाव आए- "निर्मला! यह कौन है?"

"अभी वह खुद आपसे मिलेंगी।"

प्रबल सिंह को अतिथि गृह में ठहराया जाता है और पीने को पानी दिया जाता है। बहुत अधिक प्रतीक्षा नहीं करनी पड़ती है। निर्मला अपने दो सेवादारों के साथ आ सामने आ खड़ी होती है।

"अतिथि का स्वागत है। स्वामी जी समेत हम सभी को आपके आने की अति प्रसन्नता है। आपका विशेष सत्कार करने को स्वामी जी ने आदेश दिया है।"

प्रबल ने गर्दन उठाई और दृष्टि दो सेवादारों के साथ आई निर्मला पड़ी। वह कुर्सी से उठ खड़ा हुआ। एकटक रूपसी के रूप का रसपान करने लगा। आँखों में पहले कामना पैदा हुई और अगले ही पल कामना, वासना में बदल गई। शरीर में रक्तस्राव तेज हुआ और हृदय गति बढ़ गई, दिल धड़कने लगा, होंठ किसी अतृप्त प्यास में सूखने लगे। एक झटके में कुर्सी से खड़ा हुआ, तलवार निकाली और ज़ोरदार ढंग से घुमाई और निर्मला के साथ खड़े दोनों सेवादारों की गर्दन उड़ा दीं। निर्मला के मुँह से चीख निकल पड़ी और प्रबल सिंह के मुँह से राक्षसी अट्टहास। और अगले ही पल लपक कर उसने निर्मला को अपने दोनों हाथों में उठा लिया और ज़ोर से हँसने लगा।

"क्या हुआ? आप खड़े क्यों हो गए? बैठिए" - निर्मला के स्वर कान में पड़े तो तंद्रा भंग हुई और तब समझ आया कि यह स्वप्न था। विनम्रता से गर्दन हिलाई और बैठ गया। निर्मला ने बातचीत शुरू की-

"स्वामी जी ने आपके बारे में बताया कि आप उनके बचपन के मित्र हैं। बहुत प्यार था आप दोनों में, और शिकायत भी थी आपसे कि इतने वर्षों में आपने कभी मिलने की कोई कोशिश नहीं की।"

"मिलना तो हमेशा चाहा पर रास्ते अलहदा हो गए और बहुत दूर तक निकल गए! यहाँ तक आने में बीस साल लग गए। शिकायत तो हमें भी हो रही है कि हम अब आए हैं तो देखिए दोस्त का कहीं पता नहीं! कहाँ है, कहाँ चला गया। वैसे अच्छा ही है जहाँ भी गया है, अच्छा है! इसी बहाने आप जैसी हसीन साध्वी के दर्शन हो गए। अब तो लगता है कि हमें भी

राजनीति छोड़कर साधु बन जाना चाहिए; कम से कम आपके दर्शन होते रहा करेंगे।"

"यही तो कठिनाई है प्रबल सिंह जी! जो आप नहीं समझते, यह संसार भी नहीं समझता और मैं भी नहीं समझी थी कि साधु बनने के लिए सिर्फ राजनीति नहीं बल्कि सब कुछ छोड़ना पड़ता है।"

"सब कुछ?"

"जी हाँ, सब कुछ! अपना स्वार्थ, अपना लालच, अपना लोभ, अपनी मोह-माया, अपनी कामवासना, अपना अहंकार, अपना क्रोध, अपना भूत, भविष्य और अपना वर्तमान भी! और जितना मुझे ज्ञात है आप छोड़ने नहीं, आप मांगने आए हैं। आप आने वाले चुनावों के लिए स्वामी जी और उनके करोड़ों भक्तों का समर्थन, आश्वासन और उनके वोट मांगने आए हैं। बिल्कुल उसी प्रकार आए हैं जैसे बहुत वर्ष पहले आपके स्वर्गीय पिताजी श्री नागेंद्र सिंह जी आए थे। और इतिहास अपने को दोहराते हुए, आपको भी वही संदेश दे रहा है, जो स्वामी धर्मानंद ने आपके पिताजी को दिया था। क्षमा करिए हमारा आश्रम जो सिर्फ प्रभु-सेवा को समर्पित है और धर्म-प्रचार का सिर्फ एक मंदिर है, आपको कुछ नहीं दे सकता है।"

प्रबल सिंह को 'ना' सुनने की आदत नहीं थी। निर्मला के इस दो-टूक इंकार ने उसे गुस्से से भर दिया। फिर भी गुस्सा दबा कर बोला-

"मैं आपसे नहीं, अपने बचपन के दोस्त से मदद मांगने आया था और मुझे उम्मीद है कि मेरा दोस्त मुझे मना नहीं करेगा।"

"स्वामी जी आपके बचपन के मित्र हैं, इसमें कोई संदेह नहीं; पर जिस इंसान ने मात्र दस वर्ष की अवस्था में सिर्फ एक हार चोरी करने के

कारण अपने पिता के साथ अपना घर-बार सब त्याग दिया हो, वह आपकी मित्रता के कारण अपने ही बनाए हुए जीवन-मूल्यों से समझौता कर लेगा! आप दिवास्वप्न देखना बंद करिए। आप चाहे तो जा सकते हैं और आपके मित्र के आने तक रुक भी सकते हैं। पर आपको मिलने वाला कुछ नहीं है।"

प्रबल सिंह का क्रोध सब्र के सभी बांधों को तोड़कर उसके मुँह से बाहर निकल आया- "साली, हरामजादी! मेरी बिल्ली, मुझ पर म्याऊँ करती है।"

अभी वह इतना ही कहा पाया था की एक सेवादार ने टोका- "श्रीमान जी यह आप देवी जी से किस प्रकार बातें कर रहे हैं?"

"ओए बकवास बंद कर और निकलो यहाँ से।"

दोनों सेवादार शांत चित्त ही रहते हैं। प्रबल सिंह आगे चिल्लाया-

"सुना नहीं क्या कहा मैंने? ऐ नादिरा..... चल निकाल इन दोनों को यहाँ से। तेरे से कुछ ज़रूरी बात करनी थी, प्राइवेट में।"

दोनों सेवादार आश्चर्यचकित होते हैं- "नादिरा! यह नादिरा कौन है? श्रीमान जी देवी जी का नाम निर्मला है।"

प्रबल सिंह और ज़ोर से चिल्लाया- "नादिरा! मेरी जान..... सुना नहीं तूने बाहर निकाल इन दोनों को।"

वे दोनों सेवादार अब किंकर्तव्यविमूढ़ से हो चुके थे। समझ ही नहीं आ रहा था कि क्या चल रहा है। निर्मला ने उन दोनों की ओर देखा और जाने का इशारा किया; पर दोनों निर्मला को आक्रामक हो चुके प्रबल सिंह के पास अकेला छोड़कर जाना नहीं चाहते थे; किंतु निर्मला ने दोबारा इशारा किया और ना चाहते हुए भी दोनों जाने को विवश हुए। उनके जाते ही प्रबल किसी पहलवान की भाँति अपनी जाँघ पीट कर ताल ठोकता है, ठीक वैसे ही जैसे पहलवान कुश्ती शुरू करते हुए ताल

ठोककर विपक्षी खिलाड़ी को आक्रमण के लिए आमंत्रित करता है। निर्मला शांत एकटक उसका यह निर्लज्ज तमाशा देखती है पर कोई प्रतिक्रिया नहीं देती। प्रबल सिंह इस प्रकार ताल ठोककर निर्मला पर चढ़ाई करने को आक्रमण करता ही है कि उसके मुँह से ज़ोरदार चीख निकल जाती है। निर्मला की उंगलियों में शेर के पंजे जैसा लोहे का नुकीला औजार था, जो उसने प्रबल के पेट में गाड़ दिया। प्रबल चीखा और पीछे हट गया। उसकी चीख से दोनों सेवादारों सहित आश्रम के सारे महिला पुरुष साधक सब चौंक जाते हैं। दोनों सेवादार कमरे की ओर दौड़ना चाहते हैं कि गोवर्धन नेपथ्य से निकलकर सामने आता है और दोनों को रुकने का इशारा करता है। दोनों गुरु को देखकर चौंकते हैं और इशारा पाकर रुक जाते हैं। इधर कमरे में प्रबल ने एक नज़र अपने पेट के घावों पर डाली और दूसरी नज़र पंजे पर और अगले ही पल में निर्मला पर फिर झपटा पर पूरी तरह से मुस्तैद निर्मला ने पहले अपने को बचाया और फिर हाथ घुमाकर उसकी गर्दन उन पंजों से पकड़ ली। गर्दन से लहू धारा बह गई। प्रबल ने एक-एक कर दोनों हाथ घुमाकर निर्मला पर मारे पर उसके दोनों हाथ निर्मला के एक पंजे में फँसे और दूसरे हाथ का पंजा उसकी गर्दन पर। प्रबल लाचार हो गया। निर्मला ने पीछे से उसका टेंटुआ दबाया और बाहें मरोड़े उसे घसीटते हुए कक्ष के बाहर आती है। गोवर्धन पर उसकी नज़र पड़ती है। अपराध-बोध से ग्रस्त उसकी आँखें भीग जाती हैं, पर हाथों की पकड़ और मजबूत हो जाती है। प्रबल को लगभग घसीटते हुए प्रांगण तक लाती है और पीठ पर इतनी ज़ोर से लात मारती है कि वह सीढ़ियों से नीचे गिरता-लुढ़कता हुआ ज़मीन तक जा पहुँचता है। गोवर्धन यह देख दौड़ कर आता है और निर्मला के बराबर में खड़ा दिखाई देता है। प्रबल उठता है, और अपनी आग उगलती हुई दृष्टि दोनों पर डालता है। बचपन के दोनों मित्रों की नज़रें मिलती हैं, पर स्पष्ट था कि गोवर्धन कोई मदद नहीं कर सकता है और प्रबल सिंह पिटकर वापस चला जाता है।

गोवर्धन के समक्ष निर्मला का सत्य अब प्रकट हो चुका है कि उसका नाम निर्मला नहीं अपितु नादिरा है और वह गोवर्धन को वासना के जाल में फँसाकर भक्ति मार्ग से भटकाने और गोवर्धन के साथ-साथ इस पूरे आश्रम को भ्रष्ट करने की प्रबल की योजना का एक हिस्सा बनकर इस आश्रम में आई थी।

गोवर्धन अपने आसन पर बैठा हुआ था। निर्मला उर्फ नादिरा उसके सामने अपराधियों की भाँति खड़ी थी। दोनों की आँखों में आँसू थे। निर्मला की आँखों में पश्चाताप के आँसू थे, तो गोवर्धन की आँखों में विश्वास टूटने का दर्द। निर्मला रोते-रोते गोवर्धन के आसन के सामने हाथ जोड़कर फर्श पर लेट गई। काफी देर तक वह इस दण्डवत अवस्था में लेटी रही और अपनी रोती आँखों से क्षमा याचना करती रही। अश्रु धारा दोनों आँखों से बराबर फूटती रही और अंततः कोमल हृदय वाले गोवर्धन ने उसे क्षमा किया। वह आसन से उठा और नादिरा को उसकी बाँहों से पकड़ कर उठाया। नादिरा उठी और भावुकता में दोनों गले लग गए।

प्रबल सिंह घायल हो चुका था। वह नग्न अवस्था में पलंग पर लेटा हुआ था और उसके हरम में रखी हुई उसकी रखैलें उसके जख्मों पर दवा-मरहम का लेप कर रही थीं। बीच-बीच में उसे दर्द भी हो रहा था, जिससे वह कराह उठता था। पर वह इस सबसे बेखबर सिर्फ नादिरा से मिले धोखे के बारे में ही सोच रहा था। आश्रम का संपूर्ण चित्र और नादिरा के साथ मुठभेड़ उसके ज़ेहन में तैर रहे थे। आँखों में क्रोध तो था, पर वह आँखें नम भी थीं और उनमें आँसू भी थे और अब उसे स्मरण हो आया उसके जीवन का सबसे स्याह और मुश्किल दौर। बीस वर्ष पहले उसके

साथ जो पाश्विक घटना घटी थी और उसके बाद जो सफ़र उसने तय किया, आज प्रत्यक्ष उस सफ़र पर वह दोबारा निकल पड़ा.................

और यह सफर शुरू हुआ था स्वामी धर्मानंद के साथ-साथ पूरे धर्म के प्रति घृणा से ग्रस्त हो चुके नागेंद्र सिंह के इस्लाम कबूल कर लेने से।

६.

शहरों से कोसों दूर, यह एक ऐसा इलाका था, जहाँ न शहरों जैसी पक्की सड़कें थीं, न ही बिजली-पानी जैसी कोई मूलभूत सुविधा। एक-एक कच्चे बने मकान में बीस-बीस, पच्चीस-पच्चीस लोग ठुँसे हुए थे। इलाका देखकर यह स्पष्ट था कि जंगलों के बीच में धीरे-धीरे कटाई करके बसावट की गई है।

एक ऐसा इलाका, जो किसी भी सिविलाइज़ेशन से कोसों दूर था। बरसात के पानी का जमाव जगह-जगह पर छोटे-छोटे तालाबों की शक्ल ले चुका था। राशन की एक गाड़ी आ जाए या पानी का एक टैंकर आ जाए तो लोग अपने घरों से बर्तन और बाल्टियाँ लेकर दौड़ते। दौड़ में पिछड़ जाने का अर्थ था, उस दिन भूखा और प्यासा रहकर दिन काटना। जगह-जगह कूड़े के ढेर जमा थे, जिसमें छोटे-छोटे नग-धड़ंग बच्चे और बच्चियाँ खेल रहे थे। और बदबू ऐसी कि नाक बंद किए बिना वहाँ से गुज़र पाना मुश्किल। और ऐसी जगह पर ज़ाकिर इलियासी अपने साथ नागेंद्र सिंह और उसके बेटे बालक प्रबल सिंह को लेकर पहुँचा था, साथ में कादिर हमीद भी था।

कूड़े के ढेर पर खेलते उन बच्चों और बच्चियों में नादिरा भी खेल रही थी। जैसे ही प्रबल ने नादिरा को देखा वह भी उत्सुक हो उठा, वहीं जाकर खेलने के लिए। नादिरा ने उसे देखा और देखकर बहुत खुश हो गई। पहली बार प्रबल सिंह के घर पर उसके खिलौने के साथ खेलते हुए दोनों की दोस्ती हुई थी और आज दूसरी मुलाकात हुई। बाल लीला का सुंदर दृश्य उपस्थित होता है - नादिरा उसे जीभ चिढ़ाती है, प्रति-उत्तर

प्रबल भी उसे जीभ चिढ़ाता है। नादिरा आँखें मटकाती है, प्रबल भी। इसके बाद प्रबल दोनों कानों के ऊपर अंगूठा टिकाकर उंगलियाँ हिलाता हुआ जीभ चिढ़ाता है, नादिरा भी उसे उसी प्रकार चिढ़ाती है। और यह प्यारी सी बाल लीला समाप्त तब होती है, जब नादिरा प्रबल को इशारा करके खेलने के लिए बुलाती है।

अपने पिता नागेन्द्र सिंह का हाथ छुड़ाकर वह खेलने भाग गया। नागेंद्र सिंह "प्रबल... प्रबल..." चिल्लाता रह गया पर प्रबल पहुँच गया कूड़े के ढेर पर उन बच्चों के साथ खेलने के लिए।

"अरे जाने दीजिए नागेन्द्र साहब! बच्चा है बच्चों के ही साथ खेलेगा! बड़ा खेल खेलने तो हम लोग आए हैं यहाँ! आइये" - ज़ाकिर इलियासी ने नागेन्द्र सिंह को टोका और सबको लेकर आगे बढ़ा।

जैसे ही यहाँ के लोगों की नज़र इन लोगों पर पड़ती है, क्या आदमी और क्या औरत सब दौड़े-दौड़े आते हैं और उसे 'आदाब आदाब' करते हुए जाते हैं। ज़ाकिर इलियासी सबको हाथ उठा कर आशीर्वाद देते हैं देने की मुद्रा में आगे बढ़ता जाता है। यह नज़ारा देख कर, क्या नागेंद्र और क्या भूपेश, हर कोई आश्चर्यचकित था।

"हैरान मत होइए, यही मेरे गुलाम हैं और मेरे डाकू भी। और यही वह लोग हैं जिनके कंधों पर सवार होकर आप उस स्वामी धर्मानंद का सिर अपने पैरों से कुचलेंगे भी और यही लोग आपके सिर पर सत्ता का ताज भी रखेंगे।"

"यह दो कौड़ी के भूखे-नंगे, जाहिल-गँवार लोग हमें चुनाव जितवाएंगे!" इलियासी के दावे पर नागेंद्र सिंह ने तंज कसा। इलियासी ने जवाब दिया-

"दीमक! क्या होती है यह दीमक? इतना छोटा कॉकरोच जो ठीक से दिखाई भी नहीं देता; लेकिन एक बड़ी से बड़ी इमारत को भी खंडहर बना देती है। ये सब दीमक हैं, जिस देश में रहते हैं, उस देश को चाट खाते हैं इसलिए अपने-अपने देशों से मार भगाए जाते हैं और आपका यह हिंदुस्तान जो है, बड़ा ही जिंदाबाद मुल्क है, जिसको कोई अपने यहाँ नहीं रखता, उसको भी अपने अंदर में घुसा भी देता है, छुपा भी देता है और पालता-पोसता भी है। पाँच हज़ार रुपए की रिश्वत बहुत होती है, इनको हिंदुस्तान में घुसने से लेकर उनके फर्ज़ी कागजात बनाने तक।"

इलियासी सबको लेकर जा पहुँचा एक बड़े से खंडहर के भीतर।

नागेन्द्र - "यह कौन सी जगह है?"

इलियासी - "पता नहीं कौन सी जगह है शायद कोई पुराना मंदिर होगा या किसी राजा का महल; मुझे तो नसीब से मिल गया। ज़रूर अपने वक्त की दीमकों का चाट खाया कोई खंडहर है। खंडहर ही सही पर मेरे लिए यह मेरी गुफा है। और मैं इस गुफा के अंदर का शेर हूँ, और कुछ छोटे-मोटे जानवर भी मैंने इस गुफा में पाले हुए हैं।"

ज़ाकिर इलियासी अपने पाले हुए कुछ गुंडों और पहलवानों की ओर इशारा करते हुए यह बात कहता है। इन्हीं गुंडों और पहलवानों के बीच एक चेहरा था जो नागेंद्र सिंह को कुछ जाना-पहचाना सा लगा। नागेन्द्र दिमाग पर ज़ोर डालने की कोशिश करता है कि इसे कहाँ देखा है। सिर पर जालीदार टोपी, शरीर पर मैला सा कुर्ता, दाढ़ी बढ़ी हुई, मूँछ सफाचट, रंग साँवला, शरीर कमज़ोर पड़ा हुआ, यह सब तो आम था, पर चेहरा कुछ जाना-पहचाना। शायद कहीं देखा है। दिमाग पर ज़ोर डाला तो याद आया कि इसे स्वामी धर्मानंद के आश्रम में देखा है। अच्छे से याद आया कि यह वही व्यक्ति है, जो बालक गोवर्धन शास्त्री को निर्दयतापूर्वक पीट

रहा था! यह व्यक्ति गोवर्धन शास्त्री का बाप रतनलाल था, जिसने आश्रम से एक हार चुराया था और बेटे के धर्म और नैतिकता के आगे टूट गया था।

ज़ाकिर इलियासी अपने पलंग पर लेट जाता है और एक हट्टा-कट्टा पहलवान उसकी मालिश करना शुरू कर देता है।

नागेन्द्र सिंह लगातार गर्दन घुमाकर बार-बार रतनलाल की ओर देख रहा था। और रतनलाल उसे देखकर झेंप रहा था। इलियासी नागेन्द्र सिंह के भावों को समझते हुए बोला-

"इसका नाम रतनलाल है। मेरा ख़ादिम है। दिन में सिर के बाल से लेकर पैरों के नाखून तक मेरी खिदमत करता है। और रात को थकान मिटाने के काम आता है। माशाअल्लाह औरत के नरम-नरम बदन से भी ज़्यादा मज़ा इसके साथ रात गुज़ारने में आता है। (नागेन्द्र के नज़दीक आकर आँख मारते हुए) कहो तो आज रात आपकी खिदमत में भेज दूँ? बहुत मज़े देता है। हा... हा... हा...। (फिर गंभीर होकर बोला) वैसे भी, जो कुछ मेरे पास है, वो सब आपका ही होने वाला है। आमीन.....।"

अपने खिदमतगार पहलवान को मालिश छोड़ने का इशारा करता है और फिर नागेन्द्र से कहता है -

"चलिए, अब आपके इस्लाम कबूल करने की रस्म अदायगी शुरू करते हैं।"

खंडहर के और भीतर के एक और गुफानुमा कमरे में ज़ाकिर इलियासी, कादिर हमीद और कई अन्य मुल्ला, मौलवी मौजूद थे। अवसर था, नागेन्द्र सिंह के धर्म परिवर्तन का। बेटा प्रबल सिंह भी साथ में ही था। मौलाना जाकिर इलियासी कलमा पढ़ रहा था, बाकी सब मौलवी नमाज़

पढ़ रहे थे, सिजदा कर रहे थे और नागेन्द्र सिंह तथा उसका पुत्र प्रबल सिंह उनका अनुसरण कर रहे थे।

भले ही वहाँ बहुत से लोग मौजूद हों, पर नागेंद्र सिंह की नज़र बार-बार रतनलाल पर जा रही थी। अंततः विशाल खंडहर में नागेंद्र सिंह का धर्मांतरण हुआ। ज़ाकिर इलियासी ने नागेन्द्र सिंह का स्वागत करते हुए कहा -

"आइए, बहुत खुशी हुई दीन में आने का आपका फैसला सुनकर। सचमुच आप बहुत खुशकिस्मत हैं, जो अल्लाह ने आपको अपनी पनाह हमें लेना मंजूर किया है। आइए हमारे गले लगें।"

ज़ाकिर इलियासी और नागेन्द्र सिंह गले लगे। ज़ाकिर की नज़र बालक प्रबल पर पड़ी। वह प्रबल को गोद में उठा लेता है और नागेंद्र सिंह से रहस्यमयी भावों से कहता है -

"आप दोनों का खतना कराना होगा। बच्चे को बहुत दर्द होगा; आपसे देखा नहीं जाएगा। इसलिए इसे अलग से ले जाना पड़ेगा।" इलियासी ने बालक प्रबल के गाल पर चुंबन अंकित किया और कहा -

"आओ नन्हे शहजादे, तुम्हें इस्लाम में दावत हुई है। खुदा का फज़ल तुम पर हुआ है। आओ।"

ज़ाकिर इलियासी प्रबल को लेकर दूसरे कमरे में गया और वहाँ से प्रबल के दर्द से चीखने की आवाज़ें आईं। बेटे के ऐसी दर्दनाक पुकारें सुनकर नागेंद्र का दिल भर आया, वह भीतर की ओर दौड़ना चाहता था, पर एक पहलवान ने रोक लिया। नागेन्द्र ने आँखें बंद कर ली और ऊपर आसमान की ओर सिर उठाया बंद आँखों से भी अश्रु धारा बह रही थी। बालक प्रबल दर्द के मारे चिल्लाए जा रहा था। बेटे की चीखें सुनकर पिता नागेन्द्र सिंह की मानो छाती फट गई। वह भी उसी तीव्रता के साथ रो पड़ा, बस उसके मुँह से आवाज़ें नहीं निकल रही थी। और करीब आधे

घंटे बाद दोनों कमरे से बाहर निकले। ज़ाकिर इलियासी की साँसें चल रही थीं और बालक प्रबल की पतलून खून से सनी थी। बेटे की आँखों में अश्रुधारा और उसके चेहरे के भावों देखकर वह समझ गया कि बेटे के साथ क्या हुआ है। पर लाचार था, कुछ नहीं कर सकता था क्योंकि यह रास्ता स्वयं उसी का चुना हुआ था।

रात हुई बालक प्रबल घर पर अपने पिता नागेन्द्र सिंह को पकड़ कर उसके साथ ही लेटा हुआ था। उसकी आँखों में रह-रह कर वही घिनौना दृश्य दौड़ रहा था - ज़ाकिर इलियासी ने पहले उसके सारे कपड़े उतार कर उसे नंगा किया! फिर खुद भी नग्न हुआ और गोद में बिठाकर उसका जो शोषण किया वह बालक के निर्मल मन को चीर गया और आँखों से आँसू खून की तरह बहने लगे। आँसू बहाते-बहाते उसने अपना मुँह पिताजी की बाँह में छिपा दिया। ज़ाकिर इलियासी के शब्द उसके कानों में गूँज रहे थे, जो शोषण कर चुकने के बाद उसने गहरी साँस भरते हुए कहे थे -

“आज से तुम्हारी रगों में हमारा खून दौड़ेगा। तुम्हारा रहन-सहन, रंग-ढंग, चाल-ढाल सब हमारे जैसा हो जाएगा। आज से तुम पाक हो गए। हें.. हें...हें...हें... ।”

अपने रोते हुए बच्चे के सिर पर नागेन्द्र सिंह हाथ फेरने लगा। बालक प्रबल रो पड़ा। बेटे के रुदन ने नागेन्द्र को भावुक कर दिया, वह भी रोने लगा और आँखें भर कर बोला -

“स्वामी धर्मानंद ने मुझे पाप की कमाई देवी माँ के मंदिर में चढ़ाने से मना किया, मैं चाहता तो उसकी बात मानकर पीछे हट सकता था। लेकिन अपने घमंड और ज़िद में आकर मैंने फिर भी वह पैसे मंदिर में

चढ़ा दिए। तेरी माँ का एक्सीडेंट हुआ, मैं मान सकता था कि यह सिर्फ एक इत्तेफाक है, लेकिन मेरी जिद और अहंकार ने मुझसे यह मनवा लिया कि यह माता का श्राप लगा है। धर्मानंद को मैंने अपना दुश्मन बना लिया और उसकी आड़ में धर्म से भी मुँह फेर लिया और धर्म को ही दुश्मन भी बना दिया। मैंने द्रोह-पथ पर चलते हुए, नरक की मंजिल चुनी और नफ़रत, क्रोध और कुंठा को अपने जीवन का सार बना लिया। लेकिन मेरी इस सनक का पहला शिकार तू बन गया, मेरा अपना बेटा। मुझे माफ़ कर दे बेटा! तेरी माँ को तो विधि का शिकार बनने से बचा नहीं पाया बेटा! पर तू चिंता मत कर, मैं तुझे विधि के हाथों का खिलौना बनने नहीं दूंगा! जो कुछ भी तूने गँवाया है, उसके बदले संसार की सारी दौलत, ताकत और सत्ता तेरी मुट्ठी में दूंगा। यह मेरा वादा है।"

और खामोशी से रोते-रोते अपनी आँखें लाल कर देने वाला मासूम प्रबल सो गया। प्रबल तो सो गया पर नागेन्द्र की आँखों में दूर-दूर तक नींद नहीं। सोते हुए प्रबल को अपने सीने से और कसके चिपका लिया और फूट-फूट कर, फ़फ़क-फ़फ़क कर रो पड़ा।

अगले दिन की शाम का समय था। सूर्यास्त हो तो चुका था, पर अंधेरा अभी पूरी तरह हुआ नहीं था। रतनलाल गाँव में एक पेड़ के नीचे बैठकर, सिर झुकाए कुछ खा रहा था। कानों में अपना नाम सुनाई पड़ा -

"रतनलाल।"

सिर उठा कर देखा। कुछ आदमी सामने खड़े थे। इससे पहले कि वह कुछ समझ पाता उन लोगों ने लपककर उसे उठाया, गाड़ी में डाला और चल पड़े। और उसे उठाकर सीधे जा पटका नागेन्द्र सिंह के सामने।

नागेन्द्र सिंह अपनी झूला-कुर्सी पर बैठा था। रतनलाल ने गर्दन उठाई और-

“खीं... खीं.... खीं... खीं.... (हँसते हुए बोला) नेताजी की खिदमत में गुलाम का सलाम। इस तरह से उठवाने की क्या ज़रूरत थी, हुकुम कर देते, खुद हाज़िर हो जाता।”

“यह सब क्या है रतनलाल? तुम उस गोवर्धन के बाप हो, जो छोटी सी उम्र में धर्मगुरु बन गया है, दुनिया इस उम्र में पूजने लगी है, और तुम यह क्या बन कर घूम रहे हो!!!”

“खीं... खीं.... खी..... खीं... अब तो आप भी वही बन कर घूम रहे हैं ! सॉरी! बैठे हुए हैं। और आपका बेटा भी। हीं..... हीं..... हीं..... हीं.... ।”

“मेरी छोड़ो मेरे अपने कारण हैं?”

“खीं..... खीं.... खीं.... खीं.... हम दोनों के पास एक ही कारण है - घृणा, नफ़रत, हेट। हमारे मन में नफ़रत भर चुकी है और हम मार देना चाहते हैं अपने दुश्मन को, काट देना चाहते हैं उसकी बोटी-बोटी।”

“मेरा दुश्मन स्वामी धर्मानंद है। हाँ ! मैं उससे नफ़रत करता हूँ और मार देना चाहता हूँ उसे और उसके पूरे धर्म को, उसका नामोनिशान मिटा देना चाहता हूँ। पर गोवर्धन तो तुम्हारा अपना बेटा है!”

“हीं... हीं.... हीं.... हीं.... हीं... सब कुछ आप समझ चुके हैं, सब कुछ आप जानते हैं फिर भी हम दोनों में फर्क है, मैं शांत हूँ, खुश हूँ और आप परेशान है और भटक रहे हैं।” नागेंद्र सिंह बड़े ध्यान से सुनने लगा कि आगे रतन लाल क्या कहने वाला है। रतन लाल आगे बोला-

“ना मेरा दुश्मन गोवर्धन है और ना आपका दुश्मन धर्मानंद है। हमारा और आपका दुश्मन वह धर्म है जिसने मुझसे कहा चोरी करना पाप है

और आपसे कहा घोटाला करना पाप है। यह धर्म जब तक जिंदा है, हमारी आत्माएँ भटकती रहेंगी, हमें चैन नहीं मिलेगा। मेरा मन था स्वामी धर्मानंद की बीवी उस स्वामिनी को अपने घर पर लाने का! तो यह साला धर्म और कानून कौन होते हैं, मुझे ऐसा करने से रोकने वाला, इसलिए मैंने सोच लिया कि एक ऐसा धर्म बनाऊंगा जो मुझे पूरी छूट देगा, किसी की भी बीवी को उठाकर अपने घर लाकर, अपनी रखैल बनाने को। इसलिए हमें किसी एक गोवर्धन या धर्मानंद को नहीं मारना है, हमें इस धर्म को मारना है, जो गोवर्धन और धर्मानंद जैसों को पैदा करता है। हीं... हीं.... हीं.... हीं..... ।"

"इसलिए तुम इस ज़ाकिर इलियासी के रखैल बन गए?"

"सुकुन में हूँ। जब कभी ऑर्डर आता है, तब, कभी बसों में और ट्रेनों में बम विस्फोट करके उन्हें उड़ा देता हूँ, कभी रेल की पटरियाँ उखाड़ देता हूँ, कभी फौज पर, तो कभी पुलिस पर पत्थर फेंक देता हूँ। वो सारे काम करता हूँ जो धर्मानंद के धर्म के खिलाफ है, चोरी करता हूँ, हिंसा करता हूँ, माँस खाता हूँ और वो भी गाय का, हीं.... हीं.... हीं.... हीं... और सुकुन पा लेता हूँ। नफ़रत की आग कुछ समय के लिए शांत हो जाती है।"

बालक प्रबल सिंह कमरे में प्रवेश करता है और रतनलाल को देखकर सहम जाता है। रतनलाल उसे देखकर प्रसन्न होकर बोलता है -

"अरे प्रबल! आओ बेटा।"

रतनलाल को देखकर प्रबल की आँखों के आगे ज़ाकिर इलियासी का घिनौना चेहरा आ जाता है वैसे ही लंबे बाल, वैसी ही दाढ़ी और वैसे ही मूँछ साफ़। पर रतनलाल इस मुस्कुराहट के साथ फिर बुलाता है-

"अरे बेटा पहचाना नहीं! मैं तुम्हारे दोस्त गोवर्धन का पापा, रतनलाल अंकल।"

अब प्रबल ने गौर से रतनलाल के चेहरे को देखा और पहचाना; किंतु रतन लाल की ऐसी दशा देखकर वह आगे नहीं बढ़ा, असमंजस में पड़ा रहा।

"कितनी बार गोवर्धन के साथ तुम हमारे घर आए हो बेटा, भूल गए और कितनी बार हमारे साथ खाना खाया है तुमने! कुछ याद आया? आओ हमारे पास आओ।"

पर प्रबल सिंह अपने पिता नागेन्द्र सिंह के पीछे छिप गया। क्योंकि गोवर्धन पर जुल्म करने वाले रतनलाल का वह निर्दयी रूप भी उसके जेहन में तैर गया। रतनलाल ने नागेन्द्र सिंह की ओर देखकर इशारा किया और नागेंद्र ने प्रबल को अपने कमरे में जाने को बोल दिया। प्रबल चला गया और उसके जाने के बाद रतनलाल ने गंभीर और रहस्यमयी मुद्रा में कहा -

"बहुत गंदा नाला है, जिसमें हम और आप उतर चुके हैं। अफसोस बच्चे का है। बच्चे पर कीचड़ पड़ गया और मासूम बचपन मैला हो गया। गुस्सा भरा हुआ है आपके अंदर; दिखाई दे रहा है मुझे। प्रबल जितना आपका बच्चा है, उतना ही मेरा भी है। (फिर एक पल रुककर) - मार डालो उस ज़ाकिर इलियासी को, गंदी नाली के उस गंदे कीड़े को, उसके बाद उसका यह सारा साम्राज्य आपका.....।"

...... और फिर धीरे से उसके कान में कुछ फुसफुसाता है। दोनों कोई गहन मंत्रणा करने लगते हैं। मंत्रणा के बाद नागेंद्र सिंह ने सवाल किया-

"तो ठीक है, बुलाओ उस ज़ाकिर इलियासी को।"

"बुलाने की जरूरत नहीं है। कल सुबह खुद आ जाएगा। आपको क्या लगता है - आपका धर्म और आपका बेटा लूट कर वह चैन से बैठ जाएगा। अभी तो आपका घर लूटना बाकी है, आपकी जमीन-जायदाद लूटनी बाकी है, यह तो अच्छा है कि आपके घर में औरत नहीं है वरना उसे भी लूट लेता। हीं...ही...हीं..... हीं.... ।"

रतन लाल का कथन बिल्कुल सही था। अगली सुबह-सुबह अपने आलीशान घर के बेडरूम से उठकर नागेन्द्र सिंह बाहर आया और उसने देखा कि ज़ाकिर इलियासी अपने कुछ साथियों के साथ वहाँ उसका इंतज़ार कर रहा था।

"अस्सलाम वालेकुम नागेन्द्र साहब।"

"वालेकुम अस्सलाम। कहिए सुबह-सुबह आने का कारण? हमें बुलवा लिया होता।"

"आप जैसा बड़ा आदमी ईमान लाया है। और हम तहे-दिल से आपके शुक्रगुज़ार हैं। आपको तकलीफ कैसे दे देते? फिलहाल आपके लिए कुछ ज़रूरी कागज़ात थे।"

ऐसा कहकर ज़ाकिर इलियासी ने कुछ स्टांप पेपर नागेंद्र सिंह के सामने बढ़ाए-

नागेंद्र - "क्या है इन कागज़ों में?"

इलियासी - "यह सारी कायनात अल्लाह ने उसक अपने बंदों के लिए ही बनाई है। नेक और दयालु अल्लाह जब हम मिट्टी के पुतलों को इतनी सारी चीज़ों से नवाज़ सकता है तो क्या हम ईमान वालों का यह फर्ज़ नहीं है कि हम उस रहम दिल अल्लाह के नाम पर, उसी की दी हुई चीज़े दान करें। यह धरती, यह आकाश, यह सूरज, यह चांद, यह तारे, यह पेड़-

पौधे, सब अल्लाह ने बनाए हैं, जो कुछ भी हमारे पास है, सब अल्लाह का ही दिया हुआ है, तो क्यों ना हम इन फ़िज़ूल की चीज़ों को उसी के नाम पर दे दें ताकि कयामत के बाद जब हम रुखसत होंगे जन्नत के लिए, तब हम अल्लाह का शुक्रिया अदा इन्हीं चीजों को उसे सौंप कर, कर पाएँ।"

नागेंद्र सिंह ने बोर होते हुए कहा-

"कहना क्या चाहते हैं इलियासी जी? यह बताइए!"

इलियासी ने अपनी ही रौ में बहते हुए कहा-

"वक्फ बोर्ड ऐसी ही एक कमेटी है, जो अल्लाह के नाम पर दी जाने वाली सारी प्रॉपर्टी की देखभाल करती है। आपका यह घर, यह ज़मीन, यह दौलत, यह शोहरत जो कुछ भी आपके पास है; इसे अल्लाह के सुपुर्द करिए और अपने लिए घर बनाइए उस जन्नत में जहाँ हसीन और दिलकश हूरें आपके मनोरंजन के लिए, आपका इंतज़ार कर रही हैं। जहाँ शराब की नदियाँ बह रही हैं, जहाँ आराम ही आराम है। जब तक जी रहे हैं इन चीजों का मजा लीजिए, आपके बाद आपका बच्चा भी इन चीज़ों के मज़े लेगा, बस यह चीजें अल्लाह के नाम पर ही रहेंगी। लीजिए देर ना कीजिए।"

वक्फ बोर्ड के कागज़ात मौलवी ने नागेंद्र के सामने रखे, उसके हाथ में पेन दिया और नागेंद्र ने बिना सोचे समझे हर कागज पर हस्ताक्षर कर दिए।

ज़ाकिर इलियासी समेत सारे मौलवी खुशी से चहक उठा - "सुभानल्लाह... अल्लाह आपको जन्नत ज़रूर अता फरमाएगा।"

सब लोग जाने लगे कि नागेंद्र ने ज़ोर से आवाज़ लगाई- "अभी से आप लोग कहाँ जा रहे हैं? मेरी और आप लोगों की डील तो अब शुरू हुई है! आप लोगों को जो चाहिए था मैंने दे दिया! मैंने अपना धर्म दे दिया, अपनी संपत्ति दे दी और अपना बेटा भी दे दिया। अब मुझे जो चाहिए, आप लोग देंगे।"

ज़ाकिर इलियासी ने तुरंत फ़रमाया - "जी बिल्कुल, अब हमारी बारी है कि हम आपके लिए कुछ करें। हमारे पास एक से एक कसाई है; आप हुकुम कीजिए। उस स्वामी धर्मानंद की गर्दन काट कर हम आपको सोने की तश्तरी में पेश करेंगे।"

"किसी कसाई की कोई जरूरत नहीं। अब तो हम खुद ही कसाई बन चुके हैं, धर्मानंद को तो किसी भी समय काट कर फेंक सकते हैं। अब कुछ बड़ा काटा जाए। खैर हमारी जो भी प्लानिंग है, वह तो हम आपको बाद में बताएंगे। लेकिन अगले कुछ दिन आप हमारे इस गरीब खाने में, जो कि आप ही के वक्फ बोर्ड की प्रॉपर्टी हो चुका है, इसमें हमारे मेहमान बन कर रहेंगे। आप वह इंसान हैं, जिसने हमारे ऊपर इस्लाम हाफ़िज़ किया है, हमें ईमान वाला बनाया है, तो यह हमारा भी फर्ज़ है कि हम भी आपके लिए कुछ करें। इसलिए आज से हमारा यह फाइव स्टार होटल जैसा घर आपका हुआ, हमारे नौकर-चाकर भी आपके हुए।"

ज़ाकिर इलियासी अप्रत्याशित रूप से खुश हुआ। मुँह में पानी आ गया। नागेंद्र सिंह ने ज़ोर से ताली बजाई, उसके नौकर आ जाते हैं। आदेश देता है -

"ज़ाकिर इलियासी साहब हमारे खास मेहमान है, इन्हें मेरे सबसे शानदार कमरे में ले जाया जाए और इनके खाने-पीने और रहने की व्यवस्था की जाए। ध्यान रहे इनके एशो-आराम में कोई दिक्कत ना आए।"

इशारा पाकर नौकर ज़ाकिर इलियासी को सीढियाँ चढ़ा कर ऊपर वाले एक बड़े कमरे में ले जाते हैं। कमरे की भव्यता देखते ही बनती थी। इलियासी आराम से जाकर गद्देदार सोफे में बैठ जाता है और गद्दे पर मज़े से उछलने लगता है। एक नौकर एक बड़ा सा फ्रिज खोल कर बोलता है -

"एक से एक लज़ीज़ खाने और कोल्ड ड्रिंक के साथ शराब भी इसमें आपके लिए रखी हुई हैं।"

ज़ाकिर इलियासी सोफे पर उछलते उछलते बोलता है- "अरे वाह! सुभानल्लाह अपने मेहमानों का ख्याल रखना तो कोई नागेंद्र साहब से सीखे।"

इसके बाद नौकर बाथरूम का दरवाजा खोलकर कहता है- "यह मॉडर्न बाथरूम है और इसमें यूरोपियन टॉयलेट लगे हुए हैं।"

इलियासी (उसी प्रकार उछलते हुए) - "अरे वाह! खुदा की बनाई जन्नत भी ऐसी ही होती होगी! इससे ज़्यादा खूबसूरत तो क्या ही होती होगी।"

इसके बाद नौकर सिर झुकाकर आदाब करते हुए चले जाते हैं और दरवाज़े को बाहर से कुंडी लगाकर बंद कर देते हैं। इलियासी को कुछ खटका होता है, वह दौड़कर दरवाज़े पर आता है और ज़ोर से खटखटाना शुरू करता है। चिल्लाने लगता है-

"अरे खोलो, हमें अंदर क्यों बंद किया है? नागेंद्र साहब आपके इन गुस्ताख नौकरों ने हमें कमरे में बंद कर दिया है।"

नागेंद्र सिंह बाकी सब लोगों को भी आदेश देता है-

"आप लोग भी अगले कुछ दिन इसी घर में हमारे मेहमान बनकर रहेंगे। (नौकरों को आदेश देते हुए)- इन सबको इनके मुकम्मल कमरों में पहुँचा दिया जाए।"

नौकर सभी लोगों को लेकर उनके लिए तय किए गए कमरों में ले जाते हैं और अकेले रह जाते हैं सिर्फ नागेंद्र सिंह और रतनलाल।

"आओ रतनलाल, अब जो मैं कहने जा रहा हूँ, उसे ध्यान से सुनो!" नागेंद्र रतनलाल के कंधे पर हाथ रखकर अपना मुँह उसके कान के पास लाकर बोलता है - "अब भूपेश को साथ में लो, और खेल शुरू करो।"

रतनलाल - "भूपेश मानेगा?"

नागेन्द्र - " (व्यंग्यात्मक ढंग से मुस्कुराते हुए) - इलेक्शन जीतने के लिए और कुर्सी पाने के लिए अपनी बीवी और बेटी को भी गिरवी रख देगा।"

दोनों एक दूसरे की ओर मुस्कुराते हुए देखते हैं और अगले स्तर की खतरनाक योजना तैयार हो जाती है। __________________________

प्रथम नवरात्र की पूर्व संध्या पर स्वामी धर्मानंद अपनी मधुर वाणी में हज़ारों लोगों को संबोधित करते हुए कहते हैं-

"शारदीय नवरात्र कल से शुरू हो रहे हैं और हज़ारों दानदाताओं के सहयोग और ईश्वर की अनुकंपा से कल पहले नवरात्र से लेकर दीपावली के दिन तक अन्नपूर्णा भंडारे की व्यवस्था आश्रम की ओर से की जाएगी; जिसके द्वारा हजारों-लाखों भक्तों के साथ-साथ भूखे और जरूरतमंद लोग प्रसाद पा सकेंगे।"

शाम और रात के बीच का समय है। सूर्य डूब चुका है पर पूरी तरह अंधेरा नहीं हुआ है। स्वामी धर्मानंद के आश्रम की सैकड़ो गायें बगीचों और चरागाहों में चर कर अपने आश्रम की ओर वापस जा रही हैं कि एक छोटी सी लड़की आती है और एक बछड़े को पुचकारती हुई अपने साथ

ले जाती है। यह लड़की नादिरा थी। नादिरा बछड़े को लेकर अपने बाप कादिर हमीद के पास अपने घर पहुँचती है।

"यह देखो अब्बू मैं बछिया ले आई।"

"शाबाश बहुत अच्छे।"

"अब्बू मैं इस बछिया को हमेशा अपने पास ही रखूंगी और इसको चारा-पानी भी मैं ही दूंगी और जब यह बड़ी हो जाएगी, तो इसका दूध हम सब पियेंगे।"

मासूम बच्ची की ओर रहस्यमय ढंग से देखकर मुस्कुराते हुए कादिर ने "हाँ" में गर्दन हिलाते हुए कहा-

"ठीक है अब जा। अभी इसकी तबीयत ठीक नहीं है। पहले इसका इलाज करेंगे फिर हम इसके साथ खेलेंगे।"

नादिरा खेलती-कूदती चली गई और उसके जाने के बाद कादिर इशारा करके बुलाता है और हाथ में जानवर काटने वाला हथियार लेकर कसाई आ जाता है और बछड़े को बकरा बांधने वाले कमरे में ले जाता है।

—---

अगले दिन सुबह से नवरात्र आगमन होता है। स्वामी धर्मानंद के आश्रम में माँ दुर्गा के नौ रूपों की भव्य पूजा होती है! लाखों लोग इसके गवाह बनते हैं और इस उत्सव का सीधा प्रसारण पूरे देश के नेशनल टेलीविज़न पर होता है और इस प्रकार यह आयोजन लाखों लोगों तक पहुँचता है। समाचार चैनल भी इस आयोजन को प्राथमिकता देते हुए खबर चलाते हैं

-

"स्वामी धर्मानंद आज भारत के सबसे बड़े, सबसे स्वीकार्य धर्म-गुरु बन चुके हैं, सिर्फ भारत में नहीं बल्कि दुनिया के पचास से भी ज़्यादा देशों में उनके लाखों भक्त आज हमारे चैनल के जरिए दुर्गा पूजा के उनके आयोजन के साक्षी बन रहे हैं।"

इधर माता की झाँकी पूरे शहर में निकलती है और भक्तों की भीड़ उस झाँकी के साथ-साथ। लोक-गायक माता की वंदना गाते हुए उस झांकी के साथ बढ़ रहे थे। शहर का चक्कर लगाकर झांकी मंदिर में वापस पहुँचती है। और भंडारे का समय शुरू होता है। स्वामी धर्मानंद के आश्रम में उनके सैकड़ों सेवकों और शिष्यों के साथ-साथ बालक गोवर्धन भी हलवा, पूरी, सब्ज़ी, दाल और खीर जैसे भोज्य पदार्थ प्रसन्नता पूर्वक तेज़ी से परोस रहे थे। और भक्तजन चाव से खा रहे थे। किंतु इस विशाल पंडाल से दूर रतनलाल, अपने कुछ आदमियों के साथ बैठा सही समय का इंतज़ार कर रहा था। स्वामी धर्मानंद समेत सारे आश्रम के सदस्य और हज़ारों लोगों ने जब भोजन कर लिया, तब उसी भीड़ में बैठे रतनलाल के एक आदमी ने उसे फोन कर भंडारा पूरा होने की बात बताई। रतनलाल ने नागेन्द्र सिंह को फोन किया और स्थिति की जानकारी दी और नागेंद्र सिंह ने जो हिदायत दी उसके बाद का नज़ारा ही बदल गया। एक व्यक्ति दौड़ता हुआ आश्रम में प्रवेश करता है और आश्रम परिसर में भजन गायक के हाथ से माइक ले लेता है। माइक आश्रम में परिसर में लगे हुए पचासों लाउडस्पीकरों से जुड़ा हुआ था, जिनके ज़रिए लोग भजन-कीर्तन का आनंद ले पा रहे थे। अचानक भजन बंद होता है और ऐसा ऐलान होता है कि लोग थर्रा उठते हैं-

"सभी भक्तों श्रद्धालुओं तथा सबसे पहले पूज्य श्री स्वामी धर्मानंद जी महाराज और आश्रम के आचार्य और सेवादारों, सभी को बड़े दुख से बताना पड़ रहा है कि हमारी आस्था के साथ खिलवाड़ हुआ है! हर जीव में परमात्मा का स्वरूप देखने वाले हम लोग, पत्थरों, नदियों, पहाड़ों, पेड़-पौधों और पशु पक्षियों तक को पूजने वाले हम लोग, जिन्होंने अहिंसा को धर्म माना और अगर गलती से भी एक चींटी हमारे पैरों तक एक कुचल जाए तो उसे भी महापाप माना और आज हमसे हमारा धर्म,

हमारी आस्था, हमारी पूजा, हमारी परंपरा, सब छीन ली गई है! हमें नरक का भागी बना दिया गया है।"

हज़ारों की भीड़ आश्चर्यचकित, कि ऐसा क्या हो गया! सब एक दूसरे से पूछ रहे हैं पर किसी को कुछ पता नहीं। लाउडस्पीकर पर आवाज़ आगे गूंजी-

"जिस गौ-माता को हम पूजते हैं, जिस गौ-माता में हमारे समस्त देवी देवताओं का वास होता है। उसी गौ माता का माँस हमारे प्रसाद में मिलाकर हमें खिला दिया गया।"

यह सुनकर लोग एक पल के लिए तो सन्नाटे में आ जाते हैं, किंतु दूसरे ही क्षण चारों ओर हाहाकार मच जाता है। हज़ारों लोग भोजन मुँह से उगलने लगते हैं, उल्टियाँ करने लगते है। और यह घोषणा सुनकर स्वामी धर्मानंद जी को तो मानो साँप ही सूँघ गया! उनकी स्थिति ऐसी हो गई कि काटो तो खून नहीं। उन्होंने ऊपर आसमान की ओर देखा और निरस्त होकर आँखें मूंद ली और साँसें रोक लीं। उनके बराबर में बैठा बालक गोवर्धन गुरु जी को इस स्थिति में देखता है और घबराकर हिलाने-डुलाने लगता है- "गुरुजी.... गुरुजी! क्या हुआ गुरुजी?" पर गुरुजी मूर्तिमान् होकर बैठे रहे। गोवर्धन ने और जो़र-जो़र से हिलाना-डुलाना शुरू किया, गुरुजी जड़वत् अपनी जगह पर बैठे रहे। गोवर्धन ने रोना-चिल्लाना शुरु किया तो आसपास बैठे लोगों का ध्यान गया। वे लपक कर स्वामी धर्मानंद को होश में लाने की चेष्टा करने लगे।

पर दूसरी ओर लाउडस्पीकर अभी शांत नहीं हुए और उनमें से और अधिक खोजपूर्ण स्वर में उद्घोष होता है-

"भाइयों और बहनों यह मामला यहीं पर शांत नहीं होगा। आज हमारी आस्था पर हमला हुआ है, कल हमारी पूजा-पद्धति पर हमला होगा, फिर

हमारे धर्म पर हमला होगा। लेकिन इससे पहले कि ऐसा हो, हमें जवाब देना होगा, हमें दिखाना होगा कि हमारी सहिष्णुता, हमारी दयालुता और हमारी अहिंसा, यह हमारी कायरता नहीं है! लड़ना और मारना हमें भी आता है इसलिए हम आग लगा देंगे उन लोगों के घरों और मोहल्लों में जो हमें अपनी तरह म्लेच्छ बनाना चाहते हैं। जय श्री राम! जय जय श्री राम!"

भीड़ में घुसे हुए नागेन्द्र सिंह के पचास से भी अधिक आदमी "जय श्री राम" का उद्घोष करते हैं और दौड़ लगा देते हैं, उसी अवैध बस्ती की ओर जो ज़ाकिर इलियासी का गढ़ और भूपेश सिंह के वोट-बैंक का गढ़ था। गुस्साई भीड़, उकसावे में आकर उनके पीछे-पीछे दौड़ पड़ती है और ज़ाकिर इलियासी के इलाके के मुसलमानों के घरों को और उनके मोहल्लों के मोहल्लों को तबाह करना शुरू कर देती है।

इसी के परिणामस्वरूप नादिरा के घर पर भी हमला हुआ और हिंसक भीड़ ने नादिरा के बाप कादिर हमीद को पीट-पीट कर मार डाला। दंगों की चपेट में वह बच्ची नादिरा, उसकी माँ और बाकी भाई बहन भी आ गए। नादिरा घर के मलबों के नीचे दब गई।

गुस्साए स्वामी धर्मानंद के भक्तों की भीड़ पुलिस थानों और विधानसभा के बाहर हो हंगामें पर बैठ जाती है। पुलिस वाले और नेता अपनी अपनी जगह पर उन्हें समझाने बुझाने की कोशिश करते हैं, किंतु वह कुछ भी सुनने को तैयार नहीं थे।

इधर नागेन्द्र सिंह के घर पर उसके एक कमरे में बंद पड़े मौलाना ज़ाकिर इलियासी का डर के मारे बुरा हाल हो चुका था। वह अंदर कमरे से दरवाज़े को ज़ोर-ज़ोर से पीट कर चिल्ला रहा था-

“अरे नागेंद्र साहब खुदा के लिए मुझे बाहर निकालिए! मेरे ऊपर यह ज़ुल्म क्यों कर रहे हैं आप? तीन दिन हो गए हैं, ना कुछ खाया है, ना कुछ पिया है।”

वह दरवाज़े को पूरी ताकत से पीट-पीट कर खोलने की चेष्टा कर रहा था पर सब व्यर्थ।

इधर ऑफिस के एक बंद कमरे में नागेंद्र सिंह, रतनलाल और पार्टी के अन्य कार्यकर्ता बैठे हुए थे, और नागेंद्र सिंह भड़क चुके भयंकर दंगों की अगली कड़ी की रूपरेखा बना रहा था-

“मार-काट का पहला फेज़ शुरू हो चुका है, जिसमें इन इल्लिगल बस्तियों के साथ-साथ मुसलमानों के घर-बार, दुकान-मकान सब तहस-नहस कर देने हैं। अब यह जो साले धर्मानंद के भक्त हैं, उसकी अहिंसा की घुट्टी पीकर कर बैठे हैं, इसलिए एक-दो दिन में शांत हो जाएंगे! लेकिन तुमने इस आग को ठंडा नहीं होने देना है, और यहाँ से रोल शुरू होगा भूपेश का! भूपेश लगातार भड़काऊ भाषण देगा और इन लोगों को उकसाएगा और यह साबित करेगा कि इस स्वामी धर्मानंद के भक्तों के धर्म के सच्चे रखवाले हम हैं, ताकि इन हिंदुओं के वोट लेने के लिए हमें फिर इस धर्मानंद के आगे गिड़गिड़ाना न पड़े। कम से कम एक हफ़्ते तक यह मारकाट चलती रहनी चाहिए। अब हमें भूपेश को लाइन पर लाना है। लेकिन उससे पहले ज़ाकिर इलियासी का परमानेंट इलाज करना है।

नागेंद्र सिंह के घर के बंद कमरे में ज़ाकिर इलियासी लगातार दरवाज़ा तोड़ने की कोशिश में चिल्लाए जा रहा था-

“अबे साले नागेंद्र सिंह! तू एक बार मेरे हाथ आजा, तेरे टुकड़े-टुकड़े करके रख दूंगा। तूने मुझे इस आलिशान कमरे में बंद किया है, मैं इस कमरे का हाल ऐसा कर कर दूंगा कि तू खुद भी कभी इसमें पैर नहीं

रखेगा! नहीं जाऊंगा बाथरूम; यहीं पेशाब करुंगा, यहीं लैट्रिन करुंगा"... और वह कमरे में पेशाब करने लग गया।

करीब आधे घंटे बाद नागेंद्र सिंह रतनलाल और उसके कुछ खास आदमियों के साथ अपने घर में प्रवेश करता है। इलियासी के दरवाज़ा पीटने की और चिल्लाने की आवाज़ें उसे सुनाई दे रही थीं। आश्वस्त करते हुए बोला -

"शांत हो जाइए इलियासी साहब बस अगले दस मिनट में आपको आज़ाद करने वाला हूँ।"

नागेंद्र सिंह की आवाज़ सुनकर इलियासी शांत होता है और फिर पलट कर फ़र्श की ओर देखता है, जहाँ उसने मल-मूत्र विसर्जित करके कमरा गंदा कर दिया था। बड़बड़ाता है-

"या अल्लाह, यह मैंने गुस्से में क्या कर दिया? कैसा लगेगा नागेन्द्र साहब को जब वह यह सब देखेंगे। जल्दी से सफाई कर देता हूँ।"

नागेंद्र सिंह अपने बेडरूम में जाता है। बालक प्रबल अभी वहीं सो रहा था, वह प्यार से उसके सिर पर हाथ फेर कर उठाता है। प्रबल आँखें मलते हुए उठ बैठता है। नागेन्द्र उसे गोद में उठा कर बाहर हॉल में ले आता है। मोबाइल उठाकर इलियासी को फ़ोन लगाता है। तब तक इलियासी पूरे कमरे में पोछा लगा चुका था। फोन उठाता है-

इलियासी - "क्या हुआ नागेंद्र साहब आप तो कह रहे थे कि अभी खोलने वाले हैं।"

नागेन्द्र - "आपके कमरे में टीवी लगा हुआ है! ज़रा एक नज़र खोल कर ब्रेकिंग न्यूज़ तो देख लीजिए, बाहर आना सही है भी या नहीं!"

इलियासी ने झट से टीवी ऑन किया और खबर वाकई उसके पैरों तले ज़मीन खिसकाने वाली चल रही थी। समाचार चैनलों के एंकर चीख रहे थे-

"नवरात्रों के प्रसाद में गोमांस मिलाने की अफवाह से शुरू हुई हिंसा आज तीन दिन बाद भी थमने का नाम नहीं ले रही है। और अब इसमें ताज़ा खुलासा हुआ है - मौलाना ज़ाकिर इलियासी के नाम का! (टीवी पर ज़ाकिर इलियासी की तस्वीर प्रसारित होती है) कहा जा रहा है कि इसी कथित मौलाना ने स्वामी धर्मानंद के आश्रम के प्रसाद में गोमांस मिलाया था। फिलहाल पुलिस इस आदमी की तलाश कर रही हैं।" ज़ाकिर इलियासी ने घबरा कर चैनल बदला। दूसरा चैनल स्वामी धर्मानंद के आश्रम के उस लाउडस्पीकर की घटना को लाइव दिखा रहा था।

"यह देखिए लोगों की प्रतिक्रिया जब उन्हें पता चला कि ज़ाकिर इलियासी ने उनके भोजन में गोमांस मिलाया है। (लाउडस्पीकर की ऊँची आवाज़) - "सारे भक्तों ध्यान से सुनिए उस शैतान का पता चल चुका है, जिसने हमारे प्रसाद में गौ-माता का माँस मिलाया है!" (लोगों का कौतूहल और क्रोध चरम पर पहुँचता है वह नाम सुनने को उत्सुक होते हैं) उसका नाम है ज़ाकिर इलियासी और वह गाँव से सटे बार्डर के जंगलों के बीच एक खंडहर में छुपा हुआ है। इस समय वह उसी खंडहर के भीतर है। आओ हम सब उसे खींच कर बाहर निकालेंगे और वहीं पर मारेंगे। ऐसा हाल करेंगे उसका, कि फिर कोई हमारे धर्म की तरफ आँख उठा कर देखने की जुर्रत ना कर सके।"

.... और इसके बाद टीवी पर प्रसारित होने लगते हैं आगजनी, खून-खराबे और मार-काट के वीडियो। ज़ाकिर इलियासी टीवी बंद करता है और दिल पर हाथ रखकर फटी आँखों से इधर-उधर देखने लगता है। दरवाज़ा खुलता है; नागेंद्र सिंह के नौकर उसे लेने के लिए आए हुए होते हैं। इलियासी हाथ जोड़ता है -

"खुदा के लिए मुझे यहीं रहने दो! मैं नहीं आना चाहता बाहर।" नौकर उसे जबरदस्ती खींच कर नागेन्द्र के सामने ले आते हैं। नागेंद्र सिंह उसे देखकर कटाक्ष करता है-

"क्या बात है इलियासी साहब! आप तो टीवी पर बिल्कुल अमिताभ बच्चन जैसे लगते हैं, सदी के महानायक! हर चैनल पर आप ही की चर्चा हो रही है।"

इलियासी हाथ जोड़कर गिड़गिड़ाने लगा-

"मुझे बचा लीजिए नागेंद्र साहब! यह सब क्या है? मैंने कोई गाय का माँस किसी के खाने में नहीं मिलाया। पुलिस और भीड़ मुझे पागल कुत्तों की तरह ढूंढ रही है।"

"तो तुम इतने डरे हुए क्यों हो मौलाना ज़ाकिर इलियासी! तुमने तो बहुत ही सबाब का काम किया है। तुम्हें तो अल्लाह-ताला जन्नत में भेजेगा। इसी तरह की मौत पाने के लिए तो एक सच्चा मुसलमान जीता है और तुम डर कर भाग रहे हो! सुना है स्वामी धर्मानंद सदमे से मर गया। इतना बड़ा काम कर दिया तुमने; उस काफ़िर पंडित की मौत की वजह बन गए हो तुम; तो भागो मत बल्कि दंगाइयों की भीड़ में घुस जाओ और एकाध काफ़िर को मार डालो और उसके बाद मर जाओ। जन्नत पर तुम्हारा दावा पक्का है।"

इलियासी नागेन्द्र सिंह के पैरों पर गिर पड़ा -

"ऐसा मत कहिए नागेंद्र साहब मैंने कोई गाय का मांस किसी के प्रसाद में नहीं मिलाया। हमारी इतनी औकात नहीं कि हम दंगे-फसाद कर सकें। हमारी एक छोटी सी दुनिया है, जिसमें गरीब, अनपढ़ और सताए हुए मज़लूम लोग हैं, जो दो वक्त की रोज़ी-रोटी के लिए कबाड़ी का, धोबी

का, नाई का, मोची का और दर्ज़ी का काम करते हैं। दो वक्त की रोटी के लिए मशक्कत करने वाले लोग क्यों दंगा फसाद करेंगे।"

"यह तुम्हारे सताए हुए मज़लूम, कबाड़ी, नाई, धोबी, दर्ज़ी, मोची यह वही लोग हैं ना, जिन्हें तुम कुछ समय पहले अपनी डाकुओं की फौज बता रहे थे, जो अलग-अलग देशों में क्राइम करके भाग कर हमारे जिंदाबाद मुल्क हिंदुस्तान में चोरी-छिपे घुस आए थे। और यही लोग स्वामी धर्मानंद के धर्म की लकीर को छोटा करके एक बड़ी लकीर खींचकर, नया धर्म बनाने का काम करेंगे!"

इलियासी अब पूरी तरह निशब्द हो गया और हाथ जोड़कर नागेंद्र सिंह के पैरों पर गिरते हुए बोला-

"मैंने जो कुछ भी कहा और किया, उसमें आप ही की भलाई थी, नागेन्द्र साहब। बल्कि आपका सफ़र तो बिल्कुल हमें हमारे सलेल्लाहु-अलैहि-वसल्लम साहब के सफ़र की याद दिलाता है! उन्होंने भी जब मक्का छोड़ा था तो उनके पास कुछ नहीं था और मदीना में पहुँचकर उन्होंने ताकत जमाई, फौज बनाई ; फिर मक्का पर चढ़ाई की और इस्लाम का राज कायम किया। याद कीजिए इस्लाम कबूल करने से पहले आप बीमार थे, परेशान थे, लेकिन आज आपके पास फौज है और आप उस स्वामी धर्मानंद के आश्रम पर किसी भी समय चढ़ाई कर सकते हैं। तो फिर यह उल्टा हम पर हमला क्यों?"

नागेन्द्र सिंह के मुँह से हँसी ऐसे फूटी मानो अभी तक वह कोई मज़ाक कर रहा हो। हँसते हुए बोला-

"अरे तो इतना परेशान क्यों हो इलियासी? मेरी ज़रूरत के वक्त पर तुम मेरे काम आए। अब जब तुम खतरे में हो तो मैं तुम्हारे काम आऊंगा। इसके बाद तुम्हें और तुम्हारी इस गुलाम कौम को फसाद करने की पूरी

छूट मिल जाएगी, आखिर नागेंद्र सिंह जैसा शक्तिशाली और पैसे वाला आदमी भी अब तुम्हारी ही जमात में खड़ा है, तुम्हारा ही धर्म कबूल कर चुका है, तो डरो मत बल्कि खुश हो जाओ, हँसो क्योंकि अब वह दिन दूर नहीं जिसका सपना तुम सोते-जागते, उठते-बैठते देखते हो; इस देश के कोने-कोने में इस्लाम का ही परचम लहराएगा और बहुत जल्द यह देश एक इस्लामिक देश बन जाएगा। यही चाहते थे ना तुम। गज़वा ए हिंद का 1400 साल पुराना सपना पूरा होगा! इसलिए हँसो इलियासी ज़ोर-ज़ोर से हँसो। हा... हा... हा... हा... ।"

इलियासी को सब्र हुआ और वह हँसने लगा। पहले थोड़ा धीरे हँसा; फिर ज़ोर से हँसने लगा। रतनलाल भी हँसने लगा और आसपास खड़े लोग भी हँसने लगे। और फिर इलियासी भी बेख़ौफ़ होकर ज़ोर-ज़ोर से हँसने लगा।

"हाँ... इंशाल्लाह वह दिन जरूर आएगा।"

जितने भी लोग वहाँ उपस्थित थे, सब के सब अट्टहास करने लगे - "हा.. हा.. हा... हा....."।

सब लोग हँस रहे थे। नागेंद्र सिंह ने हँसते-हँसते एक अलमारी खोली और उसमें से एक धारदार कुल्हाड़ी निकाली। बेफिक्र होकर हँसते हुए मौलाना ज़ाकिर इलियासी की ओर बढ़ा और कुल्हाड़ी का एक ज़ोरदार वार उसकी पीठ पर दे मारा। पीठ से खून की धारा फट पड़ी और मुँह से चीख निकली वह छाती के बल गिर पड़ा और चिल्ला कर पूछा-

"यह क्या है नागेंद्र साहब?"

नागेंद्र की आँखों में खून तैर रहा था, दाँत पीसता हुआ बोला - "धर्म ने मुझे रुलाया और अधर्म ने मेरे बेटे को। स्वामी धर्मानंद को और तुझे, दोनों साँपों को मैंने एक ही लाठी से कुचल डाला। (प्रबल की ओर देख

कर) इंतकाम लेने में बड़ा सुकून मिलता है बेटे।" और कुल्हाड़ी प्रबल की ओर बढ़ा दी। प्रबल, जो अभी तक इन हँसते और अट्टहास करते लोगों के बीच में अकेला चुपचाप खड़ा था, अपने पिता के हाथ से कुल्हाड़ी लेता है और किसी आदमखोर पशु की भाँति मौलाना ज़ाकिर इलियासी पर टूट पड़ा। ज़ाकिर अधमरा पड़ा हुआ था, प्रबल को अपनी ओर बढ़ता देख उठकर भागने को हुआ, पर भाग सकने से पहले ही कुल्हाड़ी पीठ पर पड़ी, मौलाना के मुँह से चीख निकली और वह फिर धम्म से गिर पड़ा। उसके बाद बालक प्रबल ने वार पर वार करने शुरू किए। हर वार पर मौलाना चिल्लाता और प्रबल भी चिल्लाता। वार पर वार होते रहे, वार पर वार होते रहे, प्रबल की चीख निकलती रही और आँखों में वही दृश्य सजीव हो उठा जब इसी मौलाना साबिर ने उसका शोषण किया था। वह घृणित लम्हा उसे दृष्टिगोचर हो उठा, जब खतना करने के नाम पर यही मौलाना ज़ाकिर इलियासी ने मासूम प्रबल को नग्न कर, खुद भी नग्न होकर उसका बलात्कार कर डाला था। प्रबल उस दिन भी दर्द से चिल्ला रहा था और आज इस राक्षस के टुकड़े करते-करते चिल्ला रहा था। पूरा फर्श खून से भर चुका था। इलियासी का शरीर टुकड़े-टुकड़े बिखर चुका था। देखने वालों के रोंगटे खड़े हो चुके थे। उन्हें उल्टियाँ आने लगी थी। उन्होंने घबरा कर अपना मुँह फेर लिया। पर प्रबल किसी स्वचालित मशीन की भाँति चले जा रहा था और तब ही रुका, जब पिता नागेन्द्र ने उसका हाथ पकड़ लिया और कुल्हाड़ी उसके हाथ से लेकर फेंक दी और उठाकर उसे अपनी छाती से चिपका दिया। प्रबल कसकर अपने पिता के गले लग जाता है और दोनों बाप बेटों की आँखों से अश्रु-धारा फूट पड़ती है। काफ़ी देर बाद नागेंद्र सिंह प्रबल को गोद से उतारता है और सब लोगों के बीच ऐलान करता है-

"मरहूम मौलाना ज़ाकिर इलियासी अब हमारे बीच नहीं रहे। राज्य में हो रहे दंगे-फ़साद में काफिर दंगाइयों के एक गिरोह ने उन्हें घेर लिया और काट डाला। उनकी आखिरी ख्वाहिश थी कि दुनिया पर इस्लाम का परचम फहरे और प्रबल सिंह उसका खलीफ़ा बने। ठीक है तो, आज से, बल्कि अभी से, प्रबल सिंह आप लोगों का खलीफा हुआ और हिंदुस्तान में इस्लाम का परचम फहराने की जो नाकाम कोशिशें, पिछले चौदह सौ सालों से जारी है और गजनी-फजनी, गौरी-फौरी और बाबर-डाबर, यह जितने भी चूतिये आए पर इस देश का कुछ नहीं उखाड़ पाए, मेरा बेटा प्रबल उसे अंजाम देगा। और आज से हम इसे एक नया ताज़ा-तरीन नाम देते हैं - परवेज़ आलम।"

नागेंद्र सिंह का ऐसा कहना था कि सारे सिर सिजदे में झुक गए। सब एक स्वर में बोले-

"आमीन... आमीन... खलीफा ए हिंदुस्तान जिंदाबाद! परवेज़ आलम जिंदाबाद।"

प्रबल सिंह का चेहरा, जो खून के छींटों से सना हुआ था, इस समय गर्व से चमक रहा था, उसका सीना फूला हुआ था। कड़वी यादों का ज़हर उसके जेहन से ज़ाकिर इलियासी के खून की धारा के साथ बहकर निकल गया। नागेंद्र ने आगे ऐलान किया-

"जिस खंडहर में मौलाना इलियासी रहता था आज से हम उसे परवेज़ महल का नाम देते हैं और इसकी मरम्मत का ज़िम्मा हमारा।"

परवेज़ महल के पास ही एक नई मस्जिद भी बनाई जाएगी और उसके नए मौलाना होंगे, रतनलाल यानि,मोहम्मद रतन इलियासी। इस्लाम का प्रचार करने और दूसरे लोगों को इस्लाम धर्म में लाने की पूरी ज़िम्मेदारी आज से मौलाना रतन इलियासी संभालेंगे।"

"हीं हीं हीं हीं हीं.... " अपने चिर-परिचित हँसी-हँसता हुआ रतनलाल वहाँ खड़ा होता है और सभी लोग उसके सिजदे में झुक जाते हैं। नागेन्द्र सिंह का कड़क स्वर-

"लेकिन ध्यान रहे, मैं और खलीफा प्रबल, हम दोनों ने इस्लाम कबूल किया है, यह बात अभी तक जिन लोगों को पता है वह लोग इसी कमरे में मौजूद हैं। तो इस बात का खास ध्यान रहे कि किसी भी बाहरी आदमी को यह पता नहीं चलना चाहिए कि हम क्या बन चुके हैं"

"जैसा हुज़ूर फरमाएँ, जैसा हुज़ूर फरमाएँ।"

"तो एक बार फिर स्वागत कीजिए अपने नए खलीफ़ा का! अभी यह बच्चा है, तुम लोगों को इस छोटे से पौधे को खाद पानी देना होगा और इसे बड़ा करना होगा, तब यह तुम्हें फल देगा। अकबर तेरह साल की उम्र में शहंशाह बना था; मेरा प्रबल बारह साल की उम्र में खलीफा।"

.....और खून से सने मासूम का चेहरा इस घोषणा से गौरान्वित हो जाता है।

ज़ाकिर इलियासी की निर्मम हत्या के बाद नागेंद्र सिंह की योजना अपने अगले चरण में प्रवेश करती है। खून से नहाए हुए, अपने बेटे प्रबल को लेकर, वह भूपेश सिंह के घर पर पहुँचता है। भूपेश की पत्नी दरवाज़ा खोलती है और सामने खून में रंगे दोनों बाप बेटों को देखकर घबरा कर चिल्ला उठती है। पत्नी की चीख सुनकर भूपेश सिंह दौड़कर आता है और नागेंद्र सिंह को इस हालत में देखकर चौंकता है-

"नेताजी आप! आइये अंदर आइए।"

नागेंद्र सिंह और प्रबल ने घर के भीतर प्रवेश किया। भूपेश भी इस वीभत्स रूप को देखकर डरा हुआ सा था। पूछा-

"इतनी रात को कैसे आना हुआ? मुझे बुला लिया होता!"

नागेन्द्र - "तुम्हें तुम्हारे फायदे की दो खबरें देने के लिए हम इतने उतावले हो रहे थे कि अपने को रोक नहीं पाए और इसी समय यहाँ आ गए।"

भूपेश - "कैसी खबरें?"

नागेन्द्र - "आज से तुम पार्टी के अध्यक्ष हुए और हमारे विधायक दल के नेता भी तुम ही हुए यानि कि मुख्यमंत्री पद के दावेदार अब तुम रहोगे हम नहीं। पार्टी तुम्हारे नेतृत्व में ही रणनीति बनाएगी और चुनाव लड़ेगी और इसका ऑफिशल अनाउंसमेंट हम कल सुबह पार्टी मीटिंग में करेंगे। कैसा लगा हमारा यह फैसला? और कैसी लगी अपने फायदे की पहली खबर?

नागेंद्र सिंह ने एक साँस में पहली खबर सुना दी। भूपेश के चेहरे पर आश्चर्यमिश्रित खुशी आई, जिसमें खुशी कम और आश्चर्य से ज्यादा था।

बोला- "जी खुशी तो बहुत हुई, पर आपके और बेटे प्रबल के कपड़ों पर यह खून कैसा?"

नागेन्द्र - "यह भी बताएंगे! पहले अपने फायदे की दूसरी खबर सुनो। अब तुम्हें अपना वोट बैंक बनाने के लिए किसी कादिर हमीद, किसी ज़ाकिर इलियासी के आगे नाक रगड़ने या किसी मुस्लिम इलाके में खाक छानने की ज़रूरत नहीं है। यह बात अभी तक बहुत कम लोगों को मालूम है, तुम्हें बता रहे हैं कि हम इस्लाम कबूल कर चुके हैं। अब हमारे एक इशारे पर आज से लेकर अगले सौ सालों तक मुसलमानों समेत जितने भी अवैध घुसपैठिए इस स्टेट में घुसेंगे, सब तुम्हें ही वोट देंगे। तुम्हारा वोट बैंक पक्का। बस तुम्हें करना वही होगा जैसा हम कहेंगे। खुशी नहीं हुई सुनकर?"

भूपेश सिंह के चेहरे पर प्रसन्नता के साथ-साथ अब असमंजस में फँसे हुए भाव दिखने लगे। नागेन्द्र सिंह ने आगे कहा -

"फायदे की इन दो खबरों के बाद अब एक खुशखबरी भी सुन लो; तुम्हारी बेटी के लिए हमने एक लड़का पसंद किया है। तुम्हें तुम्हारा होने वाला दामाद अभी से मिल गया। उसे ढूंढने के लिए तुम्हें कभी कोई मेहनत करने की ज़रूरत नहीं पड़ेगी।"

अब भूपेश सिंह चौंका -

"क्या बात कर रहे हैं नेताजी! मेरी बेटी तो अभी सिर्फ छः साल की है।"

"अरे तो आपका दामाद कोई बूढ़ा-बुज़ुर्ग आदमी थोड़े ही है! वह भी सिर्फ बारह साल का बच्चा ही है।"

भूपेश सिंह की नज़र प्रबल पर गई और उसकी स्थिति असमंजस की हो गई। प्रबल के हाथ में वही खून से लाल हो चुकी कुल्हाड़ी अभी भी थी। नागेंद्र ने एक नज़र प्रबल पर डाली और दूसरी नज़र भूपेश पर।

नागेन्द्र - "बिल्कुल सही समझे हो। मेरा होनहार बेटा ही तुम्हारा होने वाला दामाद है। यह लो मुँह मीठा करो और ज़रा एक बार लाओ तो सही हमारी होने वाली प्यारी सी, गुड़िया जैसी छोटी सी बहुरानी को।" नागेंद्र ने मिठाई का डब्बा खोलकर भूपेश और उसकी पत्नी के सामने बढ़ा दिया ; उसकी पत्नी ज़ोर से चिल्लाई-

"बकवास बंद करो। कौन है यह पागल?"

उसने नागेंद्र के हाथ में रखे मिठाई के डब्बे को ज़ोर से मारा और पूरा डब्बा बिखर गया। नागेंद्र सिंह ने अपनी जेब से एक बड़ा सा चाकू निकाला और भूपेश की पत्नी के बाल खींचते हुए उसके गले पर रख दिया। भूपेश चिल्लाता हुआ बीच में आया-

"नेताजी यह आप क्या कर रहे हैं? यह आपको क्या हो गया है?"

"घबराओ मत भूपेश! तुम मेरे दोस्त हो, मेरे शुभचिंतक हो, इसलिए तुम्हारी खूबसूरत बीवी को कोई नुकसान नहीं पहुंचाएंगे। (भूपेश की पत्नी को धक्का देकर अलग कर देता है)। दोस्त और शुभचिंतक होने के

साथ-साथ अब इतनी कम उम्र में हमारे पार्टी-अध्यक्ष भी हो और मुख्यमंत्री पद के दावेदार भी! जिस मुकाम को हासिल करने में लोगों को बीसीयों साल लग जाते हैं, तुम्हें तुम्हारे कैरियर की शुरुआत में ही हमने तोहफे के रूप में दे दिया, यही सब तो चाहते थे ना तुम! और इसी के लिए तुम इतने बवंडर करते थे! लो, आज सब तुम्हें हासिल हो गया!!! अरे भाई इतनी बड़ी जिम्मेदारी, इतनी बड़ी लेगेसी, तुम्हें दे रहे हैं, तो बदले में कुछ तो लेंगे, तुम्हारा विश्वास और तुम्हारी वफादारी सिर्फ़ हमारे प्रति हो, इसकी क्या गारंटी है????? इसकी गारंटी है, हमारी रिश्तेदारी!!!! अपने प्यारे, शेर-दिल बहादुर बेटे प्रबल के लिए हम तुम्हारी प्यारी सी बिटिया सुनैना का हाथ मांगते हैं। उम्मीद है, अब तुम ना नहीं कहोगे।"

"लेकिन नेताजी, अभी तो दोनों बच्चे बहुत छोटे हैं सुनैना तो सिर्फ छः साल की है।"

"छोटे हैं तो बड़े भी हो जाएंगे। जब तक छोटे हैं, गुड्डे और गुड़िया से खेलेंगे। जब बड़े हो जाएंगे तो गुड्डे गुड़िया बनाकर उनके साथ खेलेंगे हें.. हें.. हें.. हें.. हें।"

घर में नागेंद्र सिंह के आठ-दस गुर्गे और घुस आए और नागेंद्र सिंह ने अपने खूनी पंजे भूपेश के कुर्ते पर पोंछते हुए कुछ नरम स्वर में समझाते हुए कहा-

"अब तुम्हारे वोट-बैंक के सबसे बड़े बैंक-मैनेजर हम बन चुके हैं। अब तुम्हारी सरकार बनने से कोई नहीं रोक सकता। मैंने तुम्हें अपनी पार्टी दे दी, अपनी पार्टी के लाखों कार्यकर्ता दे दिए और चुनाव जीतने की गारंटी भी दे दी!!! क्या तुम मुझे अपनी बेटी नहीं दे सकते? तुम्हारी बेटी और अपने बेटे का गठबंधन तो मैं सिर्फ इस रिश्ते को लंबे समय तक विश्वास

के साथ चलाने के लिए कर रहा हूँ - राजनीति और सेकुलरिज़्म का गठबंधन है, मेरे बेटे और तुम्हारी बेटी की शादी! तो आओ, गले लगो।"

नागेंद्र ने भूपेश को दोनों हाथों से खींचकर अपने गले लगा लिया और भूपेश की पत्नी की और देख कर बोला-

"कुछ समझ आया समधन जी? पुराने ज़माने में राजाओं के बीच समझौते ऐसे ही हुआ करते थे। हम तुम्हें सल्तनत देंगे, बदले में तुम्हारी बेटी लेंगे। यह तो हमारी शराफ़त है कि अपने दस साल के बेटे के लिए तुम्हारी छः साल की बेटी का हाथ मांगने आए हैं! हम चाहते तो तुम्हारी बेटी को अपने लिए भी मांग सकते थे। और हम चाहते तो तुम्हें भी अपने लिए मांग सकते थे।"

भूपेश जो अब तक गले लगा हुआ था, वह यह बात सुनकर नागेन्द्र से अलग हुआ। चेहरे पर गुस्सा साफ दिखाई देता था-

"नाराज़ क्यों होते हो भूपेश? तुम्हारे वोट बैंक की पवित्र किताब की एक-एक हदीस पढ़ कर आया हूँ मैं! उसी में यह सब लिखा हुआ है। जो हार जाते हैं उनकी औरतों और बच्चियों को माल-ए-गनीमत कहते हैं। तुम चिंता मत करो, हम तुम्हें हारने नहीं देंगे। तुम हमारे साथ जीतोगे और इस देश पर राज करोगे। गज़वा ए हिंद कहते हैं उसको।"

ऐसा कहकर उसने अपने सभी गुर्गों की ओर देख कर कहा-

"आज से नेताजी भूपेश और उनके परिवार का ख़ास ख्याल रखा जाए; हमारी अमानत है इनके पास।" और फिर भूपेश की ओर देख कर कहा-

"हमारे कपड़ों में लगे हुए खून के बारे में पूछ रहे थे ना तुम! ज़ाकिर इलियासी को मार दिया है हमने! उसकी जगह रतनलाल को नया पीर घोषित कर दिया है। तुम्हें कुछ भड़काऊ भाषण हम लिख कर देंगे ; उन्हें

रटो, दिमाग में घुसाओ और हिंदुओं की भीड़ इकट्ठा करके वहाँ बुलंद आवाज़ में मुँह से बाहर फेंक दो। हिंदुओं का वोट बैंक भी तुम्हारी मुट्ठी में होगा। चलो हमारे साथ जरूरी मीटिंग करनी है। बेटा प्रबल यह तुम्हारा ससुराल है; तुम यहीं रहो और नहा-धोकर यह खून साफ कर लो। (भूपेश की पत्नी को हिदायत देता है) समधन जी, अपने दामाद की अच्छे से खातेदारी करिएगा वरना पता चला, छः साल की बच्ची के लिए बारह साल के बच्चे की जगह चालीस साल के हैंडसम आदमी को दामाद कहना पड़ जाएगा।"

नागेंद्र सिंह भूपेश सिंह को अपनी गाड़ी में बैठा कर ले गया।

नागेन्द्र सिंह की योजना के अंतिम चरण में अब भूपेश सिंह खुली जीप में शहर में निकलता है और ज़ाकिर इलियासी को लेकर भड़काऊ भाषण दे देकर लोगों को उकसाता रहता है -

"भाइयों और बहनों जब तक हम उस जिहादी ज़ाकिर इलियासी को ढूंढ नहीं लेंगे, तब तक चैन से नहीं बैठेंगे। इनके एक-एक मोहल्ले, एक-एक बस्ती, एक-एक गली और एक-एक घर में आग लगा देंगे या तो यह लोग ज़ाकिर इलियासी को हमारे हवाले कर दें या मरने के लिए तैयार रहें! हर हर महादेव! जय श्री राम!"

भीड़ में जोश आता और मुस्लिम बस्तियों पर हमला तीव्र हो जाता।

इसी योजना के क्रम में नागेंद्र सिंह भूपेश सिंह को लेकर राजनीति के दिग्गज मुस्लिम नेताओं के साथ बैठक करता है। मुस्लिम नेता भड़क रहा था-

"देखिए नागेंद्र सिंह जी आपकी जो इमेज है वह एक अच्छे सेकुलर नेता की है और बॉर्डर पर जमे हुए तमाम रोहिंग्या, पसमांदा और वीगर मुसलमानों को देश में बसाने के लिए लिए आपने जो प्रस्ताव किया था, उसके बाद आपकी इज्ज़त बढ़ी है, लेकिन हमें अफसोस के साथ कहना पड़ रहा है कि यह भूपेश सिंह गलत रास्ते पर चल रहे हैं और आपकी और आपकी पार्टी की इमेज को खराब कर रहे हैं।"

नागेंद्र ने भूपेश की ओर देखते हुए, दो टूक शब्दों में सीधी बात की-

"हिंदू-मुस्लिम भाई-भाई; सेकुलरिज़्म ज़िंदाबाद! भूपेश, सिद्दीकी साहब का कहना बिल्कुल सही है। तुम्हें तुरंत यह हिंसा रोक देनी चाहिए। चलिए सिद्दीकी साहब भूपेश आपके छोटे भाई जैसा है, इसको गले लगाइए और आने वाले इलेक्शंस में आपकी जितनी भी सीटें हैं, वह सब आप इसके साथ साझा कीजिए। भूपेश हमारी पार्टी का नेता भी है और मुख्यमंत्री पद का उम्मीदवार भी ! मैं एक्टिव पॉलिटिक्स से पीछे हटा रहा हूँ। बदले में आपको जो भी मंत्रालय चाहिए, वह मिल जाएंगे।"

मुस्लिम नेता तमतमा उठा-

"आप होश में तो हैं? आपकी औकात क्या है? हम पिछले पच्चीस सालों से राजनीति में है। हमें आपके साथ की ज़रूरत नहीं है, आपको हमारे साथ की ज़रूरत है समझे!"

नागेंद्र ने अपनी आग उगलती आँखें, सिद्दीकी की आँखों में गड़ा कर कहा - "सिद्दीकी साहब, कुछ लोग अफवाह फैला रहे हैं कि मंदिर में गाय का माँस खिलाने वालों में आप भी शामिल हैं। इसमें एक मज़ेदार बात और है, जिस जगह पर आपका घर है, वहाँ से महज़ डेढ़ किलोमीटर की दूरी पर एक कृष्ण मंदिर है। कहो तो एक गाय का बछड़ा काटकर वहाँ फेंक दिया जाए??? आपका घर-बार, आपकी औकात, सब जल कर राख हो

जाएगी; आजमाना चाहते हैं? (मुस्लिम नेता के नज़दीक आकर, उसकी आँख में आँख गड़ाकर) एक लाख से ज़्यादा लोगों की भीड़ है, जो चढ़ाई कर देगी आप पर। फैसला आपके ऊपर है और मुझे अगले दो मिनट में यह फैसला सुनना है। सो..., कम-ऑन डिसाइड फास्ट।"

...... और इस प्रकार मुस्लिम दल और भूपेश, नागेंद्र की देख-रेख में गले मिलते हैं, हाथ मिलाते हैं। अब नागेंद्र सिंह अपना तुरुप का इक्का फेंकता है और पास ही खड़े अपने बेटे प्रबल के कंधे पर हाथ रखकर बोला-

"यह हमारा बेटा है - प्रबल सिंह। सिर्फ बारह साल का है, लेकिन आज से आप लोगों का पार्टी हाईकमान हुआ। आज से आप लोग जो कुछ भी करेंगे इससे पूछ कर करेंगे या इसे बता कर करेंगे। पार्टी का हो या गठबंधन का, कोई भी फैसला इसकी रजामंदी के बगैर नहीं होगा। वरना!!! अगर यह बिगड़ गया........ तो कुल्हाड़ी से काट देगा।"

मुस्लिम नेता सिद्दीकी और भूपेश सिंह समेत तमाम जितने भी राजनीतिक लोग वहाँ खड़े थे, सब खौफज़दा चेहरों से उस बालक प्रबल सिंह को देखने लगे। और बालक प्रबल आत्मविश्वास के घोड़े पर सवार होकर उन नेताओं को अकड़ कर देख रहा था।

७.

बीस वर्षों तक अपने वीभत्स होने के गर्व के सातवें आसमान से आज नादिरा ने प्रबल को गिराकर उसके अहंकार की रीढ़ तोड़ कर रख दी थी। अपने घावों को सहलाता वह बिस्तर से उठा। उसकी रखैलें उसे लेटने की हिदायत देती है, किंतु वह उन्हें जाने का इशारा कर देता है। एक आदेश जारी कर देता है - "चचि ज़ाहिरा को मेरे पास भेजो।"

नादिरा की माँ ज़ाहिरा हमीद, प्रबल के बुलावे पर उसके पिता के द्वारा पुनर्निमित खंडहर परवेज़ महल, जो कभी ज़ाकिर इलियासी का खंडहर था, में पहुँचती है। प्रबल अपने आसन पर बैठा हुआ है; उसकी गर्दन और पीठ पर पट्टियाँ बंधी हुई हैं। ज़ाहिरा उसे सलाम और सिजदा करते हुए उसके सामने हाज़िर होती है। प्रबल का चेहरा ठोस है मानो वह कोई कड़ा फैसला कर चुका है।

"अस्सलाम वालेकुम चचि।"

"वालेकुम अस्सलाम। मुझे मालूम है, नादिरा ने तुम्हारे साथ दगा किया। दर्द ज़्यादा हो रहा है?"

"दर्द इस बात का नहीं है चचि, कि कोई चोट है, दर्द तो इस बात का है कि चोट दी किसने है। चोट और दर्द का ही तो नाता है, चोट देने वाले के साथ मेरा।"

ज़ाहिरा प्रबल के पैरों पर गिर कर बोली-

"मेरी और नादिरा की यह जिंदगी ही तुम्हारी दी हुई है परवेज़। जब चाहे इसे वापस ले लो।"

प्रबल ने ज़ाहिरा को उठाया। वह घुटनों के बल बैठ गई। प्रबल ज़ाहिरा के सिर पर हाथ फेर कर बोला-

"सही कहती हैं आप! आप दोनों माँ-बेटी की ज़िंदगी हमारी ही दी हुई है, और इसे वापस लेने का हमें हक है और आज इस हक का हम पूरा इस्तेमाल भी करेंगे।"

प्रबल कुर्सी से उठा और ज़ाहिरा के सिर पर हाथ रखकर घूमते हुए उसके पीछे आ गया। ज़ाहिरा को कुछ समझ नहीं आया, वह चुप थी, पर आँखों की हलचल बता रही थी कि सशंकित भी थी और घबरा भी रही थी। प्रबल उसके गले पर हाथ फेरते हुए बोला-

"चिड़िया हमारी पहुँच से दूर चली गई है। उसे वापस पिंजरे में कैद करना है, तो दाना डालना ही पड़ेगा। दाने में उसकी माँ की लाश कैसी रहेगी?"

और नादिरा की माँ, कोई प्रतिक्रिया दे, उससे पहले ही प्रबल ने अपने दोनों मजबूत हाथों से उसका गला पीछे से पकड़ा और पूरी ताकत से दबा डाला। ज़ाहिरा की आँखों से और उसके मुँह से खून निकल आया और बात की बात में उसने दम तोड़ दिया।

लाश के सिर को सहलाते हुए वह बोला-

"जब आप लोग उन दंगों में लगभग मर चुके थे, तब हम बहुत रोए थे और यकीन मानिये आँखों से आँसू नहीं, तब खून निकला था।"

...........और बीस वर्ष पुराने दंगों के हालात उसकी आँखों के आगे सजीव हो जाते हैं।

दंगों में तहस-नहस हो चुके घरों से पीड़ित लोगों की लाशें उठाई जा रही थी। बालक प्रबल अपने पिता नागेंद्र सिंह और पार्टी कार्यकर्ताओं के साथ वहीं खड़ा था। नादिरा के तहस-नहस हो चुके घर को देख कर वह

दुखी था। मलबा हटाया जा रहा था। दर्जनों लोग मरे, कटे, खून से लथपथ उन मलबों के नीचे लाश बनकर पड़े हुए थे। कादिर हमीद भी इन्हीं लाशों के बीच में मरा पड़ा हुआ था और इन्हीं लाशों के बीच नादिरा, उसकी माँ ज़ाहिरा और उसके कई भाई बहन भी दबे हुए थे। प्रबल ने नादिरा को देखा और दौड़कर पहुँचा और ईंट, लकड़ी, पत्थर सब अपने हाथों से उठा-उठा कर फेंकने लगा। नादिरा मलबे से बाहर निकाली जाती है। प्रबल उसके सीने पर अपना सिर रख कर देखता है और फिर दौड़कर सीधा नागेंद्र के पास आकर कहता है-

"पापा... वह जिंदा है, पापा! प्लीज़ उसे बचा लो।"

बेटे की भावुक पुकार पर नागेंद्र आगे बढ़ता है और नादिरा और उसके परिवार वालों की नब्ज़ टटोलकर आदेश देता है-

"इन्हें तुरंत अस्पताल पहुँचाओ।"

नादिरा, ज़ाहिरा के साथ-साथ उसके परिवार के तमाम भाई बहनों को अस्पताल पहुँचाया जाता है। प्रबल सिंह रोज़ाना घंटों तक अस्पताल में नादिरा के बेड के पास बैठा रहता और उसके सिर को सहलाता रहता। जब वह होश में आती तो उसे पानी पिलाता, खाना खिलाता। कुछ दिनों में नादिरा बिल्कुल ठीक हुई। बचपन का स्नेह, अब एक प्यारी सी मोहब्बत में बदल चुका था। नादिरा इस बात पर रो जाती थी कि उसके पूरे परिवार में उसके और उसकी माँ के अलावा कोई नहीं बचा। कब्रिस्तान में नागेंद्र सिंह और कुछ मुसलमानों की देख-रेख में उसके पूरे परिवार को दफ़न किया गया। और एक दिन प्रबल ने नादिरा के सामने शपथ ले ली-

"जिन लोगों ने भी, तुझे इस हालत में पहुँचाया है, उन सबको मैं बर्बाद कर दूंगा।"

और बीस वर्ष पुराने इस घटनाक्रम से निकलकर प्रबल वर्तमान में बैठा है और नादिरा की माँ ज़ाहिरा की लाश के सिर को सहला रहा है

सुबह का समय था गोवर्धन के आश्रम में तमाम साधु-जन, सज्जन, साध्वियाँ और उनके भक्त योगासन कर रहे थे। वातावरण शीतल और शांत था। योग करने वालों में निर्मला भी शामिल थी और योग के हर आसन को निपुणता से कर रही थी। गोवर्धन अपनी कुटिया में आँखें मूंदे ध्यान योग मुद्रा में मग्न था। एक घंटे से भी लंबे समय तक चले इस योगाभ्यास के बाद जब निर्मला उठी और अपना फ़ोन देखती है, तो माँ की लाश के साथ एक मैसेज दिखायी पड़ता है-

“चिट्ठी मिलते ही फौरन अकेली आ जाना मेरी जान वरना तेरी अम्मी की कब्र, कब्रिस्तान में नहीं, पब्लिक टॉयलेट में बनेगी।”

निर्मला ने आव देखा ना ताव और सीधा नंगे पैर चल दी, आश्रम के बाहर प्रबल के ठिकाने की ओर।

भागती हुई निर्मला पहुँची उस इलाके में जिसे आज परवेज़गढ़ कहते हैं, जो आज से कई सालों पहले किसी जंगल का कटा हुआ वीरान इलाका हुआ करता था, जहाँ ज़ाकिर इलियासी की हुकूमत चलती थी। आज वहाँ टूटी हुई सड़कें, गड्ढेदार गलियाँ, बदबूदार नाले और घनी बसी हुई आबादी का क्षेत्र था। वह उस परवेज़-महल के भीतर प्रवेश करती है, जो कभी ज़ाकिर इलियासी की गुफा हुआ करता था। नागेंद्र सिंह ने बहुत सारा पैसा लगाकर इसे अपनी ऐशगाह बनाया था, जिसे अब उसका बेटा प्रबल भोग रहा था। महल के भीतर कई मुल्ला, मौलवी और खादिम खड़े थे; उन्होंने नादिरा को रोकने की कोशिश की पर तेज़ हाथों से उन्हें धक्का देती हुई वह अंदर कमरे में पहुँच गई।

"परवेज़.... परवेज़...." वह चिल्लाती हुई प्रबल के कक्ष तक पहुँचती है। प्रबल अपने ऊँचे आसन पर बैठा था और खून से सनी हुई उसकी माँ की लाश वही पड़ी हुई थी। नादिरा अपनी माँ की लाश से लिपट पड़ती है, फूट-फूट कर रो पड़ती है और फिर पूछती है-

"मेरे अब्बू ने जिंदगी भर तेरे अब्बू की गुलामी की और अम्मी ने तुझे हमेशा अपना बेटा माना। इसका यह सिला? ऐसी दर्दनाक मौत?"

"हाँ! अफ़सोस हो रहा है; इतनी वफादार कनीज़ को मारने का! पर क्या करें, गुस्सा थोड़ा ज़्यादा ही आ गया था। खैर, हमारे तुम्हारे लिए यह कोई नई बात तो है नहीं! कितने ही गद्दारों और धोखेबाज़ों को हमने अपने हाथों से मारा है। हम तो जीये ही ऐसे माहौल में हैं; भूल गई, कितने ही बम विस्फोटों में तुम मेरे साथ भागीदार रही हो, वहाँ भी तो हज़ारों लोग मरे हैं, तो क्या फर्क पड़ता है, कोई एक ज़ाहिरा मर गई।"

नादिरा अभी भी अपनी माँ की लाश से लिपट कर रो रही थी। प्रबल सिंह एक इशारा करता है और चार-पाँच आदमी उसे बालों से और बाजुओं को कस कर पकड़ लेते हैं। नादिरा छुड़ाने की कोशिश करती है पर असफल रहती है। प्रबल उसकी ओर बढ़ता है और पास आकर कर्कश स्वर में बोला-

"हम दोनों ने कसम खाई थी कि बचपन में तेरे परिवार और मोहल्ले को उजाड़ने वालों को हम तबाह और बर्बाद कर देंगे। इस देश की रगों में अपना ज़हरीला खून डाल देंगे और उसके लिए उस आश्रम को बर्बाद होना ज़रूरी था, जिसे मेरे अब्बू चाहकर भी बर्बाद नहीं कर पाए थे। तुझे ज़बरदस्ती नहीं भेजा गया था, तू अपने मन से गई थी। उस गोवर्धन को नंगा करके सेक्स स्कैंडल में फँसाने के लिए! और तूने उस आश्रम में मेरी ही इज्ज़त उतार दी।"

एक ज़ोर का थप्पड़ उसके गाल पर बजाकर आगे बोला- "बोल कुछ कहना है तुझे अपनी सफाई में? या पहुँचाऊँ, तुझे तेरी अम्मी के पास।"

नादिरा दीवानी सी होकर बोली- "और क्या करती? सब कुछ उतार कर खड़ी हो तो गई थी उसके सामने! उल्टा खेल मेरे साथ हो गया; इस मिट्टी के बने हुए शरीर से परे अनंत आत्मा से पहचान करवा दी उस महान्-आत्मा ने मेरी। (फिर भाव बदलकर प्रबल को समझने लगी) छोड़ दे परवेज़, यह नफ़रत छोड़ दे। भूल जा उस कड़वे अतीत को! पहचान अपने को, तू कौन है? देख अपने बचपन के दोस्त को; पूरी दुनिया पूजती है उसे! उसके सामने माथा टेकती है और तूने सिर्फ गुलामों की फौज खड़ी की है, जो डर कर तेरे आगे सिर झुकाते हैं।"

प्रबल सिंह से बर्दाश्त नहीं हुआ, तेज़ रोशनी जैसे आँखें चौंधिया देती है, वैसे ही यह विचार उसके दिमाग को झन्ना देते हैं। नादिरा के पेट में ताबड़तोड़ घूँसे बरसाना शुरू कर देता है -

"उसके साथ मेरा मुकाबला कर रही है! वो साला एक मक्खी नहीं मार सकता और मैं उड़ती चिड़िया को भी नोच डालता हूँ। मेरे गुलाम पूरी दुनिया की हुकूमत मेरे कदमों में डाल देने का जज़्बा रखते हैं, और उसके भक्त साले अपनी जान और माल तो बचा नहीं सकते, मेरी फौज से बचाएंगे गोवर्धन को?"

नादिरा मारे दर्द के चीखने लगती है। आदमियों की पकड़ से छूट कर गिर पड़ी। वह पेट पकड़कर उठी और अपनी साड़ी संभालने लगी। प्रबल ने तंज कसा-

"साड़ी में बहुत अच्छी लगती है, इतनी देर से मेरा ध्यान ही नहीं गया। ज़रा साड़ी उतार कर देखें, कैसी लगती है? (आदेश देते हुए) उतार दो इसकी साड़ी।"

चारों आदमी नादिरा की ओर बढ़ते हैं। नादिरा अपनी कमर में छुपी हुई एक डियोड्रेंट की बोतल निकालती है और एक आदमी के मुँह पर स्प्रे कर देती है। वह आदमी अपना मुँह ढक कर चिल्ला कर ज़मीन पर गिर पड़ा। उसकी आँखों से और मुँह से खून निकला और दो सेकंड में ही वह तड़प कर मर गया। बाकी लोग जो नादिरा की ओर बढ़ रहे थे, घबराकर पीछे हट जाते हैं। स्प्रे को हर चेहरे की ओर घुमा कर वह प्रबल के चेहरे के सामने ले आती है, प्रबल भी घबराकर दो कदम पीछे होता है। फिर अपने चेहरे पर लगाकर बोली-

"जान लेना तो पैदा होते ही सिखा दिया गया था, पर जान देना उस आश्रम ने ही सिखाया है। एक गाय को मैंने ही आश्रम से चुराया था, जिसके माँस ने तबाही मचाई थी और आज हज़ारों गायों की सेवा कर अपने पाप से मुक्त हो गई हूँ। अब मर भी गई तो ग़म नहीं; लेकिन जब तक जिऊंगी, इज़्ज़त से जिऊंगी। बहुत लंबी रेंज है इस स्प्रे की।" - ऐसा कहकर उसने दूर खड़े एक आदमी पर स्प्रे मारा और अगले ही सेकंड वह भी उसी प्रकार तड़पकर मर गया। प्रबल समेत बाकी लोग धीरे-धीरे पीछे हट गए प्रबल ने हटते-हटते व्यंग्य मारा-

"तू किस चीज़ को बचाना चाह रही है मुझसे नादिरा! तू तो बचपन की मेरी पहली मोहब्बत है, तेरे मेरे बीच में सब कुछ तो हो चुका है और हज़ारों बार हो चुका है। भूल गई वह हज़ारों रातें जो तूने मेरे आगोश में गुज़ारी हैं।"

"धर्म की शरण में जाकर आत्मा को जाना है, परवेज़! जिसके साथ तूने रातें बिताई है वह तो सिर्फ शरीर था जो मिट्टी में मिल जाएगा; असल संबंध तो आत्मा का है, और वह आत्मा तो गोवर्धन की हो चुकी है। मैं गंदगी हूँ, इस लायक नहीं कि गोवर्धन के पैरों की धूल भी अपने सिर से लगा सकूँ! अगले जन्म में उस पवित्र आत्मा से मिलूँ, बस इसी दुआ के साथ यह जीवन काटना है। प्यार करने लगी हूँ, स्वामी गोवर्धन शास्त्री से। और जिस दिन प्यार हुआ उसी दिन यह कसम खाई कि अब कोई पराया मर्द छू नहीं पाएगा इस शरीर को।"

एक तीखी नज़र प्रबल के आदमियों की ओर डाली और स्प्रे निकालकर उनकी ओर दिखाई वह घबराकर भाग खड़े हुए। प्रबल भी दरवाज़े तक जा पहुँचा। उसने दरवाजा बंद कर बाहर से कुंडी लगा दी -

"इस कमरे से बाहर नहीं निकलनी चाहिए। भूख-प्यास से जब जान निकलेगी तो अपने आप मेरे पास आ जाएगी।"..... बाहर खड़े चौकीदारों को निर्देश देकर प्रबल चला गया।

आज आश्रम में सन्नाटा छाया हुआ था। गोवर्धन अपने कमरे में उदास बैठा दीवारों को, फर्श को, पंखे को, चारपाई को और चटाई को देख रहा था। हर जगह उसे निर्मला ही निर्मला दिखाई दे रही थी। कभी दीवारों से मकड़ी के जाले निकालती हुई, कभी बिस्तर पर चादर ठीक करती हुई, फर्श पर झाड़ू करती हुई, आटा गूंथती हुई! आज जब निर्मला नहीं है और उसे निर्मला का सत्य भी ज्ञात भी हो चुका था कि वह हिंदू नहीं थी, बल्कि मुसलमान थी; पर फिर भी मन बेचैन था, विकल था, जैसे कुछ तो अपना था जो पीछे छूट गया और उस जगह पर एक खालीपन आ गया

था। गहरे ख्यालों के इस सागर से निकालने का काम किया विष्णु ने जिसके आते ही गोवर्धन की तंद्रा भंग हुई-

"क्या बात है गुरुदेव ! बड़े गहरे विचार मंथन में हो?"

"तुम मेरे साथी हो विष्णु, गुरुदेव कहकर संबोधित क्यों करते हो? मित्र कहो।"

"हूं, इसका अर्थ यह हुआ कि आज गुरुदेव ज्ञान का कोई नया पाठ बाँटने के बजाए, हमसे कुछ नया लेना चाहते हैं।"

"बस यही तो है सच्चे मित्र की पहचान! बिना कहे दिल की बात जान लेता है।"

गोवर्धन के चेहरे के भावों को देखकर विष्णु समझ जाता है और कहता है।

विष्णु - "निर्मला को याद कर रहे हो?"

गोवर्धन - "निर्मला नहीं, नादिरा थी वह।"

विष्णु - "हमारे लिए तो सिर्फ एक स्त्री थी। जो कुत्सित इरादों से भले ही आपके आश्रम में आई हो, पर आपसे प्रेम करने लगी और उसका हृदय परिवर्तन हुआ।"

गोवर्धन - "जहाँ से आई थी वहीं वापस चली गई।"

विष्णु - "नहीं, गई नहीं है, घसीट कर ले जाई गई है। जाओ उसे वापस ले आओ।"

गोवर्धन - "कैसे ले आऊं? धर्म की अपनी मर्यादा है; प्रेम की अपनी सीमाएँ हैं। एक बार पुकारेगी तो दौड़ कर जाऊंगा और लेकर आऊंगा।"

विष्णु - "वह जंगली पशुओं से भरे हुए जंगल में गई है गोवर्धन जी।"

गोवर्धन - "वह जंगल ही उसका घर है और वे जंगली पशु उसके सहचर हैं।"

विष्णु - "हूं... तो ठीक है प्रतीक्षा कीजिए कि उसकी पुकार आपके कानों तक पहुँचे और आपके साथ हम सब बैंड बाजा लेकर जाएँ उसे लाने के लिए।"

विष्णु चला गया और गोवर्धन उस वीणा को बजाने लगा, जिसे रोज़ सुबह नादिरा बजाती थी। और एक सुंदर सा, दर्द भरा गीत, विरह-वेदना से भरपूर, नम आँखें लिए वीणा बजाते हुए गाने लगा।

घर पर प्रबल सिंह शराब पी रहा था। कमीज़ उतार रखी थी। सुनैना वहाँ पहुँचती है और उसे शराब पीता देखकर चौंक जाती है।

"आप शराब पी रहे हैं! आप तो कहते हैं कि पक्के ईमान वाले लोग शराब जैसी किसी चीज़ को हाथ तक नहीं लगाते।"

प्रबल ने झट से उसके बाल खींचे और उसका सिर अपने घुटनों के पास लाकर बोला-

"कौन सा ईमान? यह ईमान, यह उसूल, सब हमने ही तो बनाए हैं, पर अपने लिए नहीं, अपने गुलामों के लिए। दिखाऊँ?"

उसने अपनी मेज़ की दराज से एक माइक्रोफोन निकाला और ऊँचे स्वर में अरबी-फारसी भाषा में आयतें पढ़नी शुरू कीं; और शहर की तमाम मस्जिदों में लगे लाउडस्पीकर बज उठे और लाउडस्पीकरों के बजने के साथ ही हज़ारों लोग अपने-अपने घरों से निकल पड़ते हैं और दौड़ पड़ते हैं, मस्जिदों की ओर। थोड़ी सी देर में हर मस्जिद के आगे लोगों का

हुज़ूम ही हुज़ूम। लाउडस्पीकर पर परवेज़ आलम उर्फ प्रबल सिंह की आवाज़ गूँजती है-

“बिस्मिल्लाहेर्रहीमरहमान..... आप सब मोमिनों के इंतजार की घड़ी आज पूरी होती है। आज आप लोगों को मेरा दीदार भी होगा और मुझे छूने का मौका भी मिलेगा।”

चारों ओर से आवाजें बहुत उठती हैं-

“इंशाल्लाह..... इंशाल्लाह.... ।”

“कल खुदा मेरे सपने में मुझसे मिला और उसने मुझे सौ मोमिनों को अपने नूरानी चेहरे का दीदार देने का हुक्म दिया। लेकिन सिर्फ सौ जांबाज़ों को! आप मुझसे मिल सकते हैं, मुझे छू सकते हैं, मेरा हाथ चूम सकते हैं! और आज मेरा निकाह भी है, मेरी बचपन की मोहब्बत के साथ। आप सौ लोगों को मेरी बारात में शामिल होने का मौका भी मिलेगा।”

हज़ारों आवाज में फिर गुजरती है- “सुभानल्लाह सुभानल्लाह।”

“तो ठीक है पूरे इलाके में दौड़ लगेगी। जो मुझसे मिलना चाहते हैं, कल परवेज़-मस्जिद से शुरू करके लाल चौक, मीणा चौक, शेरगढ़ रोड होते हुए, पीलाकोट और हसीनपुर के रास्ते से परवेज़-महल तक जो सौ जवान सबसे पहले पहुँचेंगे, वह मेरा दीदार कर पाएंगे, मेरी बारात में शरीक हो पाएंगे। मौलाना सादिक की देरव-रेख में यह दौड़ शुरू होगी।”

प्रबल सिंह द्वारा यह घोषणा हुई और पूरे इलाके सादिक नगर में तमाम बच्चे-बूढ़े, अधेड़-जवान और महिलाओं से लेकर छोटी बच्चियाँ तक अपने-अपने घरों से निकले और परवेज़ मस्जिद की ओर पहुँचने लगे। इनमें से बहुत सारे बूढ़े तो ऐसे थे, जिनके लिए दौड़ना तो दूर, ठीक से चल पाना भी मुश्किल था, पर वह इस रेस का हिस्सा बनने आए थे।

भीड़ मस्जिद पर एकत्र हुई मौलाना सादिक ने सीटी बजाकर हरी झंडी दिखाई और पूरा हुज़ूम दौड़ पड़ा। "या अलीऽऽऽ.... या अलीऽऽऽ... का शोर मचाती हुई भीड़, एक दूसरे को धक्का दे-दे कर, गिरा कर, भागती हुई शहर में निकल पड़ी और कुछ ही पलों में सारे शहर में ट्रैफिक जाम की स्थिति खड़ी हो गई। हर सड़क पर गाड़ियों की लाइन, हर चौराहे पर उलझ चुके ट्रैफिक जाम का नज़ारा आम हो गया और एक हज़ार से भी ज़्यादा की संख्या में दौड़ने वाले लोग अपनी ही धुन में दीवाने हो रखे थे। कितने तो रास्तों में ठोकरें खाकर गिरे, कुछ बुज़ुर्ग तो ऐसे गिरे कि फिर उठे ही नहीं! कुछ बच्चे दौड़ते रहे और तब तक दौड़ते रहे, जब तक कि मुँह से खून नहीं निकल आया और हमेशा के लिए गिर नहीं पड़े ! इन सबसे अलग जवानों की धमनियों में मानो ख़ून नहीं, कोई लावा बह रहा हो, वे हवा से बातें करते हुए खूंखार शेर की भाँति जो सामने आया उसे धकियाते हुए, किसी सब्ज़ी या फल के ठेले को गिराकर पार करते दौड़ते जा रहे थे, अपने प्यारे, अपने आदर्श और अपने मसीहा से एक मुलाकात करने के लिए! इधर प्रबल सिंह सुनैना की ओर देखकर हँसते हुए बोला - "देखा मेरी जान, हमारा जलवा। हम ही हैं यहाँ के ख़ुदा; और तू है कि मूर्तियों की पूजा करती है! उस गोवर्धन को अपना गुरु मानती है! अरे मैं अपने आप में एक भगवान हूँ, मेरी इबादत कर; तू जो चाहेगी वह तुझे मिलेगा।"

प्रबल ने बड़ी सी खिड़की से पर्दा हटाया और आँखों से दूरबीन लगाकर उस बेतहाशा दौड़ती भीड़ को देखा और इस क्षण उसे स्मरण हो आया वह वर्षों पुराना दिन जब वह अपने पिता नागेंद्र सिंह के साथ यहाँ आया था। तब इस इलाके की हालत बहुत खराब हुआ करती थी कोई सड़क नहीं, कोई पक्का मकान नहीं, विकास का कोई नामोनिशान नहीं, जंगलों

से घिरा हुआ, यह इलाका था और नागेंद्र सिंह गाड़ियों का काफिला लेकर वहाँ पहुँचता है। इस काफिले में नागेंद्र सिंह और प्रबल के अलावा एक दूसरी जीप में रतनलाल, कुछ पहलवान, कुछ गुंडे, एक अन्य गाड़ी में भूपेश सिंह और पार्टी के कई कार्यकर्ता अलग-अलग जीपों में पहुँचे थे।

बंदूकों और रिवॉलवरों से लैस यह लोग इन हथियारों से फायर करते हैं और इलाके के लोग भागते हुए अपने घरों में छुप जाते हैं। थोड़ी ही देर में सन्नाटा छा जाता है। आश्रम के प्रसाद में गाय का माँस मिलाने के बाद भूपेश सिंह के भड़काए हुए दंगों से यहाँ के लोग बुरी तरह खौफ़जदा थे। नागेंद्र सिंह अपने मुँह पर माइक लगाकर बोलता है-

"आप लोगों को डरने की कोई जरूरत नहीं है। हमने सारे दंगे रुकवा दिए हैं और हम आगे भी आप लोगों की हिफाज़त करेंगे। आपके प्यारे पीर, ज़ाकिर इलियासी साहब को दंगाइयों ने मार दिया है। लेकिन इलियासी साहब हमारे दिलों में हमेशा जिंदा रहेंगे। अपने प्यारे इलियासी साहब को आखिरी बार आपके दीदार की जरूरत है आइए।"

नागेंद्र सिंह ने अपनी जीप ज़ाकिर इलियासी की क्षत-विक्षत लाश को उतारा और रतनलाल और भूपेश सिंह समेत तमाम गुंडे, तमाम राजनीतिज्ञ उस पर फूलों की बरसात करने लगते हैं। यह नज़ारा देख कर यहाँ रहने वाले लोगों को थोड़ी हिम्मत बँधती है और वे अपने घरों से निकल कर ज़ाकिर इलियासी की लाश के पास लोट कर रोने लगते हैं। जब सारे गाँव की आदमी औरत बच्चे सब वहाँ इकट्ठा हो जाते हैं। फिर नागेंद्र अपने मुँह पर भोंपू लगाकर एलान करता है-

"हमारे प्यारे मरहूम ज़ाकिर इलियासी साहब मरने से पहले हमें आप लोगों का नया रहनुमा बनाकर गए हैं, और यह हमारा शहज़ादा प्रबल सिंह आज से आपका खलीफ़ा हुआ और जिस उम्मीद से आप लोग दूर-देश की दुनिया छोड़कर हिंदुस्तान की जमीन में घुसे हो, यह हमारा शहजादा आपकी सारी उम्मीदें पूरी करेगा। इसका नाम है, परवेज़ आलम है। यह नाम भी इसे मरहूम इलियासी साहब ने दिया है।"

बालक प्रबल सिंह गाड़ी से उतरकर नीचे खड़ा होता है। उसके हाथ में वही कुल्हाड़ी होती है, जिससे उसने ज़ाकिर इलियासी को खंड-खंड काटा था, बच्चे को भीड़ आश्चर्यचकित होकर देखती है। नागेंद्र सिंह की हुंकार फिर कानों में पड़ती है-

"आओ डरो मत! आगे बढ़ो और गले लगाओ अपने नए खलीफा को। यह तुम्हें वह सब कुछ देगा जिसकी तुम्हें तलाश है, खाने को भरपेट खाना भी देगा और तुम्हें तुम्हारी रवायतों के हिसाब से जीने की सहूलियत भी देगा और तुम्हें गंदगी फैलाने, चोरी करने, लूटपाट करने, जो कुछ तुम अपने मुल्क में करते थे, वही दंगा-फसाद, वही खून-खराबा और वही औरतों की इज्जत लूटने की आज़ादी यह तुम्हें इस मुल्क में भी देगा। बस तुम्हें इसे अपना खलीफ़ा, अपना नबी, अपना खुदा, अपना रहनुमा मानना पड़ेगा इसलिए आओ डरो मत और अपने खलीफ़ा के पैरों में गिरो, इसके हाथों को चूमो, आओ।"

ऐसा कहना था कि लोग ज़ाकिर इलियासी की लाश के पास से उठते हैं और प्रबल के पैर छूने लगते हैं, उसके सिर पर हाथ फेरते हैं, उसके हाथ चूमते हैं, लोगों में जोश आता है और वह उसके पैरों पर गिरने लगते हैं और यही से जन्म होता है, एक नए देवता का, जिसके हज़ारों भक्त

उसके पैरों पर गिरते हैं। प्रबल एक आकर्षक मुद्रा में किसी देवता की तरह आशीर्वाद देती हुई मूर्ति की भाँति खड़ा हो जाता है।

वही प्रबल आज खलीफ़ा बन चुका है, यह इलाका अब सुनसान जंगल का हिस्सा न रहकर, काफी हद तक विकसित हो चुका है, और नन्हे बालक के बीस वर्ष पुराने उन्हीं गुलामों की औलादें आज भी इस खलीफ़ा को छूने के लिए सड़कों पर दौड़ रहे हैं, गिर रहे हैं, धक्का-मुक्की कर रहे हैं, दौड़ते-दौड़ते मर रहे हैं और इस दौड़ में यातायात व्यवस्था को ठप्प कर रहे हैं ; किंतु फिर भी दौड़े जा रहे हैं, इस खलीफा को छूने के लिए, इसे चूमने के लिए, इसके द्वारा ज़बरदस्ती की जाने वाली शादी में शरीफ होने के लिए।

प्रबल सिंह ने स्नान किया, चेहरे पर दाढ़ी को ट्रिम किया, आँखों में सुरमा लगाया, शानदार शेरवानी पहनी सिर पर अफ़गानी पगड़ी पहनी और घर से चल दिया। सुनैना ने पूछा-

"कहाँ जा रहे हो?"

प्रबल - "मेरे दीवानों की फौज मुझसे मिलने के लिए सड़कों पर दौड़ रही है। परवेज़-महल जा रहा हूँ, उन्हें अपना दीदार कराने और इन्हीं लोगों के बीच मैं आज ऐलान करूंगा अपने आठवें निकाह का; बचपन से ही मेरी पहली मोहब्बत, नादिरा के साथ मेरा निकाह होगा और मेरे ये दीवाने उसके चश्मदीद होंगे।"

प्रबल सिंह अपनी लग्ज़री गाड़ी में बैठकर अपने महल की ओर चल दिया और पीछे-पीछे सुनैना भी दूसरी गाड़ी से चल पड़ी।

प्रबल पहुँचा सीधा अपने महल के उस कारागार में, जहाँ नादिरा भूखी-प्यासी, निर्जीव सी, फर्श पर बेहोश पड़ी थी; प्रबल पहुँचता है और सोती हुई नादिरा के हाथ से ज़हरीला स्प्रे ले लेता है। निर्मला को होश आता है, वह चौंक कर बैठती जाती है। प्रबल दूर खिसक जाता है। और हँसते हुए बोला-

“बिल्कुल सही फैसला, तेरे हाथ में ज़हर नहीं बल्कि तेरे बदन पर यह शादी का जोड़ा अच्छा लगता है। बेशकीमती लहंगा है, मीना बाज़ार से खास तेरे लिए मंगवाया है। ले पहन ले।”

प्रबल नादिरा के ऊपर शादी का जोड़ा फेंक देता है। अपनी शिथिल पड़ चुकी आवाज़ में नादिरा ने उत्तर दिया-

“मैंने अपना पति पहले ही चुन लिया है और एक सती के मन में किसी दूसरे मर्द के लिए कोई जगह नहीं। यह जोड़ा ले जा और जाकर सुनैना को पहना दे। और खुदा का शुक्र अदा कर अपने नसीब के लिए कि तुझे सुनैना जैसी बीवी मिली। मेरी जिद छोड़ दे, मैं गोवर्धन को अपना पति मान चुकी हूँ।”

प्रबल कुछ झल्लाया और चीख कर बोला-

“अरे बकवास बंद कर क्यों उस फटेहाल भिखारी के लिए अपनी बचपन की मोहब्बत को ठुकराती है! देख इस वक्त मैं कहाँ हूँ और वह कहाँ है! लोग मेरी एक झलक देखने के लिए और मुझे छूने के लिए सड़कों पर एक-दूसरे को धकियाते हुए दौड़ रहे हैं। यह मेरी ताकत है और दूसरी तरफ वह गोवर्धन है;; क्या है उसके पास??? भीख मांग कर खाता है, फटा-पुराना पहनता है। मेरी यह हिंसक फौज एक झटके में उसे और उसके आश्रम को ऐसे उजाड़ सकती है जैसे कोई बवंडर सब कुछ उड़ा कर ले जाता है, इसलिए मेरी मान नादिरा, बचपन की मोहब्बत का

वास्ता ले और निकाह कर ले। पूरी कौम हमारा मिलन देखने को बेताब है। हामी भर दे, बक्श दूंगा, तुझे भी और उस गोवर्धन को भी। इसलिए एक बार फिर आगाह कर रहा हूँ, निकाह कर ले। कल सुबह आऊंगा और तुझे यह जोड़ा पहने हुए देखना चाहूंगा।"

नादिरा ने मुस्कुराकर तिरस्कार करते हुए तंज कसा- "ऐसी ही शर्त रावण ने भी रखी थी माँ सीता के आगे। भगवान राम आए और पूरी लंका को तहस-नहस कर अपनी सीता को वापस ले गए। मेरे राम आएंगे।"

"हट..ऽ..ऽ..ऽ..ऽ.. अगर आ गया तो बच के नहीं जा पाएगा। उसके टुकड़े-टुकड़े कर उसकी बिरयानी हमारे निकाह की दावत में बटवा दूंगा।"

और वह अपने पैर पटक कर चला गया। एक दीवार के पीछे से खड़ी होकर सुनैना सारी बातें सुन रही थी। प्रबल के जाते ही वह भी चुपचाप अपनी गाड़ी में बैठी और सीधे गोवर्धन लाल शास्त्री के आश्रम की ओर चल पड़ी।

आश्रम के मुख्य द्वार पर खड़े द्वारपालों ने सुनैना की गाड़ी को रोका। सुनैना ने गोवर्धन से मिलने की अति आवश्यकता बताई तो एक संदेशवाहक दौड़कर गोवर्धन की कुटिया में पहुँचा और गोवर्धन को सुनैना के आने की बात बताई। गोवर्धन ने सुनैना को आदर सहित बुलाने को कहा। गोवर्धन का साथी विष्णु भी उस समय साथ में बैठा था, संदेश वाहक के जाने के बाद विष्णु बोला-

"लीजिए जाने से पहले भले ही ना बताया हो, पर जाने के बाद लगता है बुला लिया।"

सुनैना वहाँ पहुँचती है। गोवर्धन और विष्णु दोनों उसके सम्मान में खड़े होते हैं। सुनैना नादिरा के बंधक बनने की सारी कहानी गोवर्धन को कह सुनाती है और अंत में कहती है-

"मुझे नहीं पता कि धर्म और प्रेम के इस हिंडोले में आपका झुकाव किस ओर है, किंतु यह भी सच है कि धर्म के बंधनों के परे जाकर नादिरा ने आपसे प्रेम किया है और इस वक्त वह परवेज़ की कैद में होकर भी सिर्फ आप ही का नाम जप रही है, और शायद आपके दर्शनों के लिए ही जी रही है। मेरे पास बहुत ज़्यादा समय नहीं है, मुझे जाना होगा।"

सुनैना चली गई। दोनों उसे जाते हुए देखते रहे और जब वह आँखों से ओझल हो गई, तब विष्णु ने गोवर्धन की ओर प्रश्नवाचक दृष्टि से देखा।

गोवर्धन ने अंतिम संकल्प दिया-

"बीस वर्ष पहले भी अधर्म अपनी सीमाओं को लाँघ कर धर्म की चौखट का अतिक्रमण कर उसका चीर-हरण करने आया था और आज, वही स्थिति फिर आ खड़ी हुई है और इस स्थिति में वही करना अब फिर उचित हो चला है, जो तब किया था।"

गोवर्धन का चेहरा सख़्त हो गया, आँखें आग सी हो गई, भौंहें तन गईं और हृदय ज्वालामुखी सा फटने को था। वह तेज़ चाल से दुर्गा माता के मंदिर की ओर चला और स्वर्गीय धर्मानंद जी महाराज की स्वर्गीय पत्नी अपनी गुरु माता की प्रतिमा, जो माँ दुर्गा के समीप ही स्थापित थी, के पैरों पर पड़े एक भारी फरसे को उठाया। काले लोहे के बने फरसे को गोवर्धन ने अपने आग्नेय नेत्रों से देखा और सदृश्य स्मरण किया, बीस वर्ष पुराने उस दिन को जब धर्म की अस्मिता पर अतिक्रमण हुआ था और इसी फरसे से गोवर्धन ने उसका प्रतिकार किया था।

८.

बीस वर्ष पूर्व..................

आश्रम परिसर में ईश्वर की वंदना गाई जा रही थी। वहाँ हमेशा की तरह भक्तों की भीड़ राम नाम, कृष्ण नाम और राधा नाम पर झूम रही थी। स्वामी धर्मानंद आरती गा रहे थे; उनकी पत्नी और बच्चे भी साथ में ही थे और गोवर्धन समेत तमाम अन्य शिष्य ढोलक, तबला, थाल और मृदंग बजाकर इस भक्तिमय शाम को और जानदार बना रहे थे।

स्वामी धर्मानंद आरती गा तो रहे थे पर आँखों में वैसी चमक और भक्ति का जोश नदारत था; उसकी जगह उदासी और आँसू दिखाई पड़ते थे। रह-रह कर भोग की थाल के प्रसाद में मिलाया गया गोमांस उन्हें याद आता और उसके बाद के दंगे उन्हें पूजा-आरती के बीच में ही विचलित कर देते। उनका शुद्ध भोजन और भजन का सिद्धांत अब टूट चुका था। गाय की वह बछिया बार-बार उनकी आँखों के आगे उछलती और पूँछ हिलाती हुई प्रकट हो जाती और इन संवेदनाओं के बीच वे आरती गा रहे थे।

सब कुछ इसी भाँति चल रहा था कि अचानक अफ़रा-तफ़री मचने का स्वर कानों में पड़ता है; स्वामी धर्मानंद समेत सभी लोग बाहर भागते हैं, तो सामने का दृश्य होश उड़ा देने वाला था, नागेंद्र सिंह अपने काफिले के साथ अब आ पहुँचा द्रोहपथ के अपने अंतिम पड़ाव पर अर्थात् आश्रम में! और मुख्य द्वार तोड़ता हुआ, लोगों के ऊपर चढ़ाई करता हुआ, आगे बढ़ा

आ रहा था। जिस कारण हर ओर भगदड़ मच गई थी और इसी शोर-शराबे ने स्वामी धर्मानंद समेत सभी का ध्यान खींचा। सब लोग निकल कर बाहर आए और स्वामी धर्मानंद गाड़ियों के सामने आ पहुँचे। गाड़ियों से उतरे नागेंद्र सिंह, भूपेश सिंह और रतनलाल। नागेंद्र सिंह ने अपनी दुनाली बंदूक कंधे से उतारते हुए कहा-

"प्रणाम पंडितजी! रामचंद्र कह गए सिया से, ऐसा कलयुग आएगा; पंडित दिन में गाय का गोश्त खाएगा और रात को आरती गाएगा। हा... हा... हा... कैसा लगा हमारा नवरात्रि का प्रसाद?"

नागेंद्र के पीछे से रतनलाल निकला और अपनी कुटिल हँसी हँसते हुए बोला-

"हीं.... हीं.... हीं.... हीं... कोषाध्यक्ष का प्रणाम स्वीकार करें महाराज! आजकल आश्रम में चोरियाँ बहुत हो रही हैं; हमें चाबी दे दो, आपका पैसा और इज्ज़त दोनों सुरक्षित रहेंगे। हीं... हीं... हीं... हीं.... ।"

रतन लाल की नज़र स्वामी धर्मानंद की पत्नी पर पड़ती है और दुष्ट हाथ जोड़कर खड़ा हो गया- "प्रणाम पंडिताइन" और फिर वैसे ही हँसने लगता है - " हीं.... हीं.... हीं..... हीं.... !"

धर्मानंद की पत्नी चार कदम पीछे हट गई और तुरन्त गोवर्धन स्वामिनी के आगे आकर खड़ा हो गया। बालक गोवर्धन को सामने देखते ही उसका बाप रतनलाल गुस्से से ज़मीन पर थूक देता है। स्वामी धर्मानंद ने नागेंद्र से पूछा-

"तुमने ऐसा क्यों किया नागेंद्र? यदि शत्रुता मुझसे थी, तो मेरा अहित करते, हज़ारों भक्तों का भोजन और धर्म भ्रष्ट कर तुमने क्या पाया? और मेरा दोष भी क्या था! सिर्फ यही कि मैंने तुम्हें काले धन को छोड़कर परिश्रम और सदाचार से धन कमाने को कहा था?"

"तुम्हारा कोई कसूर नहीं था पंडित और ना ही तुमने मेरा कुछ बिगाड़ा है। बस वक्त बदल गया है। राजा परीक्षित के सिर पर कलयुग आकर बैठ गया और राजा ने एक साधु के गले में मरा हुआ साँप डाल दिया और अपनी मौत खुद ही बुला ली और राजा के मरते ही कलयुग इस पूरी धरती पर फैल गया। बस इसी तरह एक नया युग तुम्हारे सिर पर आकर बैठ गया- मदयुग! और तुम्हें मार कर यह पूरी दुनिया में फैल जाएगा। मदयुग! यानि मद का युग; तुम्हारे धर्म से बड़ा, धर्मांधता का युग। ईर्ष्या, घृणा और पाप से भरा हुआ ऐसा युग, जिसमें तेरे भगवान की नहीं बल्कि मेरी पूजा होगी, मैं इस युग का भगवान हूँ, और ये आ गए मेरे भक्त।"

नागेंद्र के पीछे एक ट्रक में भरकर आई हुई ट्रक से उतरती है। खौफनाक और डरावने चेहरों वाली इस भीड़ को स्वामी धर्मानंद समेत सभी उपस्थित लोग आश्चर्य से देखने लगे। नागेंद्र ने अब स्वामी धर्मानंद से अंतिम वाक्य बोला-

"चाहता तो तुझे बहुत शांति से मार सकता था धर्मानंद! लेकिन पहले मुझे तेरे बराबर आना था और उसके बाद तेरे से भी बड़ा इनफ्लुएंसर बनना था। तेरी धर्म की लकीर, छोटी कर दी है मैंने और बड़ी लकीर खींच दी। अब देख मेरी ताकत।"

इसके बाद नागेंद्र ने आश्रम के भक्तों को संबोधित करते हुए कहा - "तुम लोगों ने हमारा बहिष्कार किया था। और देखो हम इतने दूर चले गए कि तुम्हारे धर्म के गुरुत्वाकर्षण से भी बाहर निकल गए और अपना खुद का ब्रह्मांड हमने बना लिया। अब हम हिंदू !!!! सॉरी !!!! काफ़िर नहीं रहे, अब हम कन्वर्टेड !!!! सॉरी !!!! मोमिन हो गए हैं। सही मायनों में अब हम भयंकर हो गए हैं।"

उसके बाद भीड़ की ओर देखकर चिल्लाया-

"यहाँ सब काफ़िर हैं और काफ़िरों को मारना सबाब का काम है। अल्लाह-ताला जन्नत अदा फरमाएगा और जन्नत में खाने को रोटी भी मिलेगी, पीने को शराब भी मिलेगी और मौज मस्ती के लिए शबाब भी मिलेगी। हमला..ऽ..ऽ..ऽ.. ।"

भीड़ ने आव देखा न ताव और शोर मचाते हुए स्वामी धर्मानंद के आश्रम में भक्तों पर टूट पड़े। उनके हाथों में लाठियाँ थीं, डंडे थे और धार-दार हथियार थे, जिनसे उन्होंने लोगों को ज़ख्मी करना शुरू किया और फिर चारों ओर भगदड़ मच गई। हज़ारों लोगों की भीड़ में महिलाओं का चीत्कार अलग सुनाई देने लगा स्वामी धर्मानंद काँप उठे और नागेंद्र के पैरों पर गिर पड़े-

"रोक लो! भगवान के लिए रोक लो यह सब! नागेंद्र रोक लो इसे।"

इससे पहले की नागेंद्र कुछ कह पाता रतनलाल बोल पड़ा- "अरे नहीं रोक सकते हैं, क्योंकि हमने इन पागल कुत्तों को रटा दिया है कि काफिरों को मारने से जन्नत मिलती है और उनकी औरतें माल-ए-गनीमत हैं, जिसे लूटने से जन्नत में हूरें मिलती हैं। अब बताओ जन्नत की हूरों की इज़्ज़त लूटने के लिए बेचारे ज़मीन पर काफिरों की औरतों की इज़्ज़त लूट रहे हैं, तो कोई उन्हें कैसे रोक सकता है? मुझे भी जन्नत जाना है, हूरों से मिलने और मेरा माल-ए-गनीमत तो सामने ही है।"

और रतनलाल स्वामी धर्मानंद की पत्नी की ओर बढ़ चला। गृह-स्वामीनी उसे अपनी ओर बढ़ते देखकर भाग खड़ी हुई। रतनलाल पीछे-पीछे दौड़ा गोवर्धन चिल्लाया- "बापू रुक जा!"

गोवर्धन ने अपने बाप को पीछे से पकड़ा, पर, "चल हट" चिल्लाते हुए रतनलाल ने उसे धकेल दिया और वह आश्रम की स्वामिनी के पीछे दौड़ पड़ा। स्वामी धर्मानंद भी अपनी पत्नी को बचाने के लिए लपके पर नागेंद्र

सिंह ने उनकी भुजा पकड़कर खींच ली और उनकी जटा को खींचकर बोला-

"गज़ब है! बड़ा मतलबी और पाखंडी साधु है तू! तेरे हज़ारों भक्तों की औरतों की इज़्ज़त खुलेआम लुट रही है और तुझे सिर्फ अपनी बीवी की पड़ी है। तू तो संत कहलाने लायक नहीं है, तेरे मुँह पर तो थूक देना चाहिए! आक् थू....।"

नागेंद्र ने स्वामी धर्मानंद के चेहरे पर थूका और धक्का मार कर गिरा दिया। हवा में रिवाल्वर से फायर किया सारे अराजकतावादी उसकी ओर देखते हैं वह अपने पास आने का इशारा करता है। सब लोग दौड़कर अपने खलीफ़ा के पास पहुँचते हैं।

इधर गोवर्धन तेजी से अपने बाप के पीछे भागता हुआ चिल्लाता है- "बापू रुक जा! बापू रुक जा!" वह स्वामिनी के पीछे भागते हुए रतनलाल को पीछे से पकड़ता है और उसकी पीठ पर घूँसे मारता है। रतनलाल एक ज़ोर का हाथ घुमाकर गोवर्धन के मुँह पर मारता है। गोवर्धन धक्का खाकर एक दीवार पर टकराता है। उसका सिर घूम जाता है और वह सिर पड़कर वहीं गिरकर बेहोश हो जाता है।

स्वामी धर्मानंद की पत्नी भागते-बचते आश्रम में बने दुर्गा मंदिर में पहुँच जाती है, पर रतनलाल की नज़रों से बच नहीं पाती है और वह वहाँ पहुँच जाता है। उसे देखकर वह दीवार के साथ सटकर खड़ी हो जाती है। रतनलाल हाथ जोड़कर पापी मुस्कान चेहरे पर लिए स्वामिनी से बोला -

"हे देवी! मेरे पास सिर्फ एक ही पुत्र था, उसे भी आपने अपना पुत्र बनाकर हमसे छीन लिया इसलिए हम आपसे एक नया पुत्र मांगते हैं। हमें दे दो। हीं... हीं... हीं... हीं...।"

वह स्वामिनी की ओर झपटा परंतु स्वामिनी फुर्ती से अपना बचाव करती है और माँ दुर्गा की मूर्ति के हाथ में रखा हुआ फरसा उसके हाथ में आ

जाता है। वह फरसे से रतनलाल पर वार करती है, पर रतनलाल भी फुर्ती से अपना बचाव करता हुआ, अपने अश्लील व्यंग-बाण स्वामिनी पर चलाता है-

"अरे स्वामिनी जी क्यों इन खिलौनों से खेलती हो। आओ हमारे गले लग जाओ, हम आपको रोजाना मटर-पनीर और मुर्ग-मुसल्लम खिलाएंगे। इस भिखारी ने हमेशा आपको रूखी-सूखी रोटियाँ ही खिलाईं हैं।"

स्वामिनी दोबारा वार करती है; रतनलाल फिर बचता है और फिर झपटने का प्रयास करता है। झपटने का और बचाव करने का यह सिलसिला चल निकलता है। एकाएक स्वामिनी की चीख उस वातावरण में गूँजती है और स्वामी धर्मानंद जो नागेंद्र के हाथों पिट रहा था उसके कानों में पड़ती है और उसके मुँह से चीख निकलती है- "स्वामिनी..... ।"

गोवर्धन अपना सिर पकड़ता हुआ उठता है और दौड़ पड़ता है, स्वामिनी की चीख की दिशा की ओर; और दौड़ते हुए पहुँचता है माँ दुर्गा के मंदिर में, जहाँ उसका अपना पिता उसकी गुरु माँ के साथ जबरदस्ती करने का प्रयास कर रहा था। गुरु स्वामिनी के कपड़े काफी हद तक चीथड़ों में बदल चुके थे, चेहरे पर नाखूनों के निशान थे, कुछ खून भी था, पर संघर्ष बराबर कर रही थी। अपनी ओर झपटते पशु को बार-बार मार कर खदेड़ती, चीखती पर पशु रूपी रतनलाल बार-बार झपटकर शिकार का असफल प्रयास कर रहा था-

"अब तो प्रसन्न हो जा देवी! भक्त से कितनी प्रतीक्षा करवाएगी?"

गोवर्धन पूरी ताकत से रतनलाल पर झपटता है और पीछे से उसकी पीठ पर थप्पड़ और घूँसे चलाता है। रतनलाल एक ज़ोर का हाथ घुमाकर उसे मारता है, वह फिर मंदिर की दीवार के सहारे सिर से जा टकराता है। एक बार फिर से सिर पड़कर बैठ जाता है; किंतु इस बार गुरु-माँ की चीखें

सुनकर वह ताकत बटोर कर उठता है। उसकी नज़र उसी फरसे पर पड़ती है। वह फरसा उठाता है। फरसा उठाने के साथ ही उसके शरीर में एक ताकत का एक संचार होता है, ताकत आँखों में खून के रूप में दिखती है, गोवर्धन दाँतों को कस कर पीस लेता है और वह ताकत नस-नस में बिजली बन कर दौड़ जाती है। वह फरसा उठा कर अपने बाप की ओर बढ़ता है। आज उसकी आँखों में भूतकाल के भी दृश्य चलचित्रों की भांति दौड़ते हैं, जब उसका बाप पहले भी स्वामिनी के साथ बदतमीजी कर चुका था, हार चोरी करता है, गोवर्धन द्वारा त्यागे जाने पर उसे निर्दयता से पीटता है। इन दृश्यों को स्मरण करते हुए वह फरसा लिए आगे बढ़ता है और ज़मीन पर गिर पड़ी स्वामिनी पर चढ़कर बलात्कार की चेष्टा करते रतनलाल पर पूरी ताकत से फरसे का प्रयास करता है। रतनलाल चीख उठता है और स्वामिनी उसकी पकड़ से छूट जाती है। रतनलाल छिटक कर अलग हो जाता है। गोवर्धन दूसरा वार उसके घुटनों पर करता है। रतनलाल चिल्लाता हुआ उठने की कोशिश करता है-

"हरामजादे..ऽ..ऽ..ऽ तेरा बाप हूँ मैं।"

इससे पहले कि वह उठकर गोवर्धन के आक्रमण का जवाब दे, गोवर्धन ने वार पर वार ऐसे किया कि अब रतनलाल की चीखें हवाओं में गूँजने लगीं। उसका रक्त पानी की भाँति मंदिर के फर्श पर बह रहा था। एक धार्मिक, मासूम, सौम्य और सुंदर बच्चा अब एक भयानक रूप में दिख रहा था, जो साक्षात् महाकाल का रूप प्रतीत हो रहा था। फरसा किसी स्वचालित मशीन की तरह चल रहा था और खून के छींटे माँ दुर्गा की मूर्ति पर, दीवारों पर, स्वामिनी पर और खुद गोवर्धन पर इस प्रकार पड़ रहे थे मानो लाल रंग के पानी का कोई फव्वारा फट गया हो। रतनलाल टुकड़े-टुकड़े हो चुका था पर गोवर्धन बिना साँस लिए फरसा चलाए जा

रहा था। स्वामिनी होश में आती है, दौड़कर गोवर्धन के हाथ से फरसा छीनकर एक ओर फेंकती है और इस परोपकारी बालक को गले लगा लेती है। गोवर्धन की आँखों से आँसुओं की धारा बह निकलती है। माँ और बेटा दोनों गले लगे हुए फूट-फूट कर रो रहे थे कि गोवर्धन को गुरु का स्मरण होता है; उसके मुँह से निकलता है-

“गुरुदेव !”

और वह फरसा, तलवार और त्रिशूल हाथ में लिए बाहर की ओर दौड़ पड़ता है।

बाहर का दृश्य बड़ा ही वीभत्स था, शर्मनाक था और अधर्म की विजय तथा धर्म की पराजय के परिणामों की नग्न प्रकाष्ठा का था। स्वामी धर्मानंद दीवार के सहारे निष्प्राण से बैठे थे, खुली आँखों से सब कुछ देख रहे थे। उनके सामने नागेंद्र सिंह पचास से भी अधिक उपद्रवियों को लिए खड़ा था और इधर-उधर घूमते हुए कह रहा था-

“गौर से देखो इसे! यह सिर्फ एक इंसान नहीं, यह धर्म है। और यह अपने आप को सत्य सनातन कहता है। वेद, पुराण और दूसरे शास्त्र लिखकर हमारे ऊपर पाबंदी लगाता है कि चोरी मत करो। हमें डराता है... कि चोरी करोगे तो भगवान सज़ा देगा। आक् थू। इसकी बीवी की इज़्ज़त लुट गई और यह कुछ नहीं कर पाया; हमारे सामने बैठा है, लाचार, बेबस; कोई सजा नहीं दे पाया यह उस रतनलाल को!!!! और हमें भगवान का डर दिखाने चला था। थूकते हैं हम इसके मुँह पर, आक् थू। सब लोग आओ और बारी-बारी से हम सब इसके मुँह पर थूकेंगे और देखेंगे कि कब आता है इसका भगवान, इसे बचाने! आओ।”

नागेंद्र सिंह की इस हुंकार पर लोग धक्का-मुक्की करते हुए स्वामी धर्मानंद की ओर बढ़ते हैं और उनके मुँह पर थूकना शुरू कर देते हैं।

स्वामी जी एक ज़िंदा लाश की भांति वहीं जड़वत् बैठे रहे। कोई प्रतिक्रिया नहीं! इतने से नागेंद्र का दिल न भरा, तो अपने मद में आगे चिल्लाया-

"थूकने से तो कुछ भी नहीं हुआ; कोई नहीं आया, इसे छुड़ाने। चलो इस पर जूते बरसा कर देखते हैं, शायद इसका भगवान् आ जाए, इसे बचाने और हमें नरक में पहुँचाने को।"

इतना सुनना था कि भीड़ ने जूते-चप्पल स्वामी धर्मानंद के गालों पर थप्पड़ों की तरह चलाने शुरू कर दिए। स्वामी धर्मानंद यहाँ भी मार खाते रहे पर कोई प्रतिकार नहीं किया।

इधर स्वामी धर्मानंद की कुटिया में उनके दोनों बच्चे भूपेश सिंह के सामने बैठे थे। लड़का बड़ा था, लगभग गोवर्धन जितना ही दस-बारह वर्ष की अवस्था थी, जबकि बच्ची छोटी थी, सिर्फ तीन वर्ष की अवस्था रही होगी। दोनों डरे सहमे से बैठे थे। भूपेश सिंह लड़के को दिलासा देते हुए बोला-

"डरो मत! तुम्हारे सिर पर छोटी बहन की जिम्मेदारी है। बचने का एक ही रास्ता है या तो इस्लाम कबूल कर लो जैसे हमने कर लिया है या फिर चुपचाप भाग जाओ और कभी दिखाई मत देना।"

लड़का चिल्लाने लगे- "हमें जाने दो, हमें जाने दो।"

दोनों बच्चों का रुदन सुनकर भूपेश सिंह पिघल गया और उसने दोनों बच्चों को पीछे के रास्ते से भगा दिया।

इधर गोवर्धन और गुरु स्वामिनी दोनों दौड़कर बाहर आते हैं और बाहर का नज़ारा देखकर उनके होश उड़ जाते हैं। मद-मस्त दैत्य की तरह नागेंद्र सिंह अट्टहास करते हुए बोला-

"अरे बड़ा ढीठ है इसका भगवान! भक्त को जूते पड़ रहे हैं और उसका कोई अता-पता नहीं! चलो इसके मुँह पर मूत कर देखते हैं, शायद प्रकट हो जाए। हा.. हा.. हा.. हा... ।"

ठहाकों से आसमान गूँज उठा। गोवर्धन यह नज़ारा देखकर दूर से ही चिल्ला उठा-

"नहीं ऽऽऽऽ.....!"

स्वामिनी का सिर घूम गया और वह चक्कर खाकर जमीन पर बेसुध सी बैठ गई। गोवर्धन दौड़ता हुआ पीछे से भीड़ में पहुँचा और पूरी ताकत से तलवार और फरसा घुमाने लगा। कई लोग घायल होकर छिटके। गोवर्धन के हाथ रुके नहीं, वह चलते रहे। अब तक हमलावर रहे लोग, अब घबराकर पीछे हटे और गोवर्धन आ पहुँचा सीधा नागेंद्र के पीछे जो अपने पजामे का नाड़ा खोल रहा था, स्वामी धर्मानंद पर पेशाब करने को। पीछे से सिर पर एक ज़ोर की चोट पड़ी और खून फट पड़ा, सिर चकरा गया, उसने पलट कर देखा तो दूसरा ज़ोर का वार चेहरे पर पड़ा और चेहरा लगभग दो फाड़ हो गया। नागेंद्र की दर्दनाक चीख और गोवर्धन की आक्रामकता से दुष्टों के हौसले पस्त हुए और गोवर्धन और ज्यादा आक्रामक हो गया। अब तक डरे-सहमे बैठे आश्रम के पुजारी, सन्यासी, भक्तगण और सेवादारों की हिम्मत बँधी और उन्होंने भी धावा बोल दिया। इसी के साथ नज़ारा बदल जाता है। थोड़ी देर पहले जो लोग पत्थर, डंडे और हथियार लेकर मारकाट मचाने पहुँचे थे, अब जान बचाकर भागने लगे। नागेंद्र सिंह चिल्लाया-

"कहाँ भाग रहे हो हरामियों? मैं तुम्हारा खलीफा हूँ, मुझे बचाओ।"

वह अकेला पड़ गया था। लहू-लुहान और घायल हो गया था। गोवर्धन ने वार पर वार किये और चीखते हुए चिल्लाते हुए, थोड़ी ही देर में नागेंद्र सिंह भी एक क्षत-विक्षत लाश में बदल गया।

इस सबसे अनजान स्वामी धर्मानंद पता नहीं कब उठे और बेसुध से, लगभग नींद में चलते हुए आश्रम के पीछे बगीचे में एक बड़े से पेड़ पर फाँसी का फंदा बनाकर उस पर झूल गए और जब तक गोवर्धन सचेत होता, तब तक गुरुजी ने अपनी जीवन लीला समाप्त कर दी।

आश्रम के पास ही श्मशान घाट पर उनका अंतिम संस्कार हो रहा था। चिता धूँ-धूं कर जल रही थी।। किसी को पता नहीं चला और उनकी धर्मपत्नी स्वामिनी दौड़ती हुई आई और स्वामी धर्मानंद की चिता में कूद गई। सब लोग चिल्लाते रह गए; गोवर्धन रोता चिल्लाता रह गया; किंतु आग में बैठी वह देवी, अपने पति की जलती हुई चिता के साथ ही, झुलसती, तड़पती और चीखती हुई खुद भी राख हो गई। और गोवर्धन की लाल-काली बड़ी-बड़ी आँखें यह दृश्य देखती रह गईं।

यही आँखें आज बीस वर्षों बाद फिर एक बार इसी प्रकार लाल हो गई हैं और बीस वर्ष पूर्व चलाया हुआ वही फरसा आज फिर गोवर्धन के हाथ में था। वही दुर्गा का मंदिर था और इस दुर्गा माँ की मंदिर के पास ही एक और देवी, 'गुरु स्वामिनी' की प्रतिमा भी खड़ी थी। गोवर्धन ने हाथ में फरसा लिए उस प्रतिमा को प्रणाम किया और तेज़ चाल से आश्रम के बाहर चल दिया। आश्रम में उसके तमाम संगी-साथी, साधु, संत, सेवादार, शिष्य और कई भक्त उसके पीछे-पीछे चल दिए। "हर-हर महादेव" का

उद्घोष होता है और सौ से भी ज़्यादा धर्म साधकों का काफिला निकल पड़ता है, परवेज़-गढ़ की ओर।

दूसरी ओर एक हज़ार से भी ज़्यादा दीवानों की फौज, जिसने पूरे शहर को रोक दिया था और खुद दौड़े चले जा रहे थे, अपने खलीफ़ा से मिलने, उसके निकाह में शामिल होने, उसकी बारात का हिस्सा बनने। शाम हो चुकी थी। प्रबल सिंह अपनी सफलता की रात के शुरू होने से पहले जश्न में डूबा हुआ है, कई नर्तकियाँ नाच रही हैं, और प्रबल सिंह और उसके मौलवी, मुल्ला, मुफ्ती सब शराब में मस्त होकर मुजरे का लुत्फ उठा रहे हैं।

गोवर्धन की सेना भाले, तलवार और त्रिशूल लिए तमाम गाड़ियों में सवार होकर, परवेज़ गढ़ के लिए पहुँच रहे हैं; किंतु ट्रैफिक जाम में उनकी गाड़ियाँ फँस जाती हैं और उपद्रवियों की भागती भीड़ के प्रभाव से वह भी अछूते नहीं रहते। गोवर्धन ने पूछा-

"यह कौन सी भीड़ है और कहाँ भाग रही है?"

विष्णु ने उत्तर दिया- "प्रबल सिंह के बाप की अवैध संतानें हैं और आज निर्मला के साथ उसकी शादी में शामिल होने जा रहे हैं।"

"हमें इन लोगों से पहले पहुँचना होगा" - कहकर गोवर्धन ने खुद गाड़ी का स्टेयरिंग थामा और दूसरी गली से गाड़ी निकाली, पर वह जिस गली में जाते, जिस सड़क पर पहुँचते, वहीं जाम लगा हुआ था। नतीजा! गोवर्धन गाड़ी से उतर गया। उसके पीछे-पीछे सब लोग उतर गए और पैदल ही संकरी गलियों में प्रवेश किया। घरों के दरवाज़े खटखटाए, दरवाज़े खुले, लोगों ने गोवर्धन समेत तमाम संतों की टोली को पहचाना, सब प्रणाम करते, चरण स्पर्श करते, किंतु टोली उन घरों के भीतर घुसी और छत पर पहुँची और फिर एक छत से दूसरी छत पर वानरों की तरह

छलांग लगाते हुए परवेज़ की ऐशगाह की ओर चल पड़े, जिसकी कैद में नादिरा बंद थी।

इधर ऐशगाह में मुजरा और शराब का जश्न अपने पूरे शबाब पर था, नाचने वाली आतीं और नाचते-नाचते प्रबल समेत बाकी लोगों को एक-एक कर अपने हाथों से जाम पिलातीं और फिर नाचने लगतीं। पीते-पीते प्रबल और बाकी मौलवियों को नशा इतना ज़्यादा हो गया कि वह सब सो गए, सो नहीं गए अपितु बेहोश हो गए, क्योंकि शराब में नशे की गोलियाँ मिलाई जा रही थी और यह गोलियाँ दी गई थीं, सुनैना के इशारे पर।

सुनैना नेपथ्य में छिपकर तमाशा देख रही थी। प्रबल समेत बाकियों के बेहोश होते ही नाचने वालियों के सामने आकर उनके हाथों में नोटों की गड्डी रख देती है और वह सब सलाम करती हुई चली जाती हैं।

नर्तकियों के जाने के कुछ क्षणों पश्चात ही इस महल में पहुँचती है, संत मंडली। पहरेदार आश्चर्यचकित होते हैं कि यह साधु संत अचानक कहाँ से आ गए! इससे पहले कि वह प्रतिकार करें, वहाँ से तलवार चलती है और पहरेदार ढेर हो जाते हैं। एक सुरक्षा गार्ड रिवाल्वर निकाल कर इससे पहले कि गोली चला पाता, एक त्रिशूल उड़ कर आया और उसे ज़मीन पर लंबा कर दिया। उस गार्ड की छाती से त्रिशूल निकाल कर दल तेज़ी से आगे बढ़ता है। एक के बाद एक आधुनिक रिवाल्वर और बंदूकों से लैस सुरक्षाकर्मी अपने हथियार लेकर इस मंडली से भिड़े, पर भाला, त्रिशूल और तलवार की तेज़ रफ्तार और मारक क्षमता के आगे टिक नहीं पाए और खुद मारे गए और इस प्रकार देखते ही देखते गोवर्धन कैद खाने तक निर्मला के पास पहुँच गया। कदमों की आहट सुनते ही निर्मला उर्फ नादिरा सचेत हुई और कैदखाने की दीवार से सट गई। गोवर्धन की आवाज़ कानों में पड़ी-

“डरने की कोई आवश्यकता नहीं है निर्मला! हम मारने वाले नहीं बल्कि पूजने वाले लोग हैं! पशुओं को पूजने वाले, पक्षियों को पूजने वाले पेड़ों को पूजने वाले, स्त्रियों को पूजने वाले लोग।”

निर्मला रो पड़ी- “मेरा नाम निर्मला नहीं, नादिरा है। मैं आपके आश्रम में आपकी इसी पूजा पद्धति को नष्ट करने आई थी।”

गोवर्धन - “हूं.. जानता हूँ, सब जानता हूँ और यह भी जानता हूँ कि अमृत-धारा में मिलकर वह विष भी अब अमृत हो चुका है। निर्मला की आत्मा में विलीन होकर नादिरा अब निर्मल हो चुकी है इसलिए अब उसका स्थान प्रबल सिंह की कैद में नहीं बल्कि सेवा-आश्रम की स्वच्छंद हवाओं में है”- यह कहते हुए गोवर्धन की दृष्टि प्रबल सिंह के फेंके हुए शादी के जोड़े पर पड़ी- “यह क्या है?”

निर्मला - “शादी का जोड़ा, आपके बचपन के दोस्त ने दिया है।”

गोवर्धन - “बहुत सुंदर है और बेहद भव्य भी! शादी का एक जोड़ा मैं भी लाया था, इतना कीमती तो नहीं है, पर आशा करता हूँ आपको पसंद आएगा।”

यह कहकर गोवर्धन ने एक पीली साड़ी निर्मला की ओर बढ़ा दी। निर्मला को यकीन नहीं हुआ वह मूर्तिवत् खड़ी रहकर, गोवर्धन और उसके हाथ में रखी हुई साड़ी को देखती रह जाती है।

गोवर्धन ने कहा- “मेरे पास ना प्रबल जितनी धन-दौलत है, ना ही उसके जितना रसूख! मैं रूखी-सूखी रोटी खाता हूँ और भगवान का भजन गाता हूँ। यह बड़ा प्रश्न है कि कोई स्त्री मेरे साथ सुखी कैसे रह सकती है? आप चाहें तो प्रबल सिंह का दिया हुआ जोड़ा पहन सकती हैं।”

नादिरा ने गोवर्धन के हाथ से साड़ी ले ली और उस पर अपना मुँह ढाँप कर रोने लगी। कुछ पल बाद सिर उठाया और नाटकीय गुस्से में गोवर्धन से बोली-

"खुद को धर्मात्मा कहते हो और इतना भी शिष्टाचार नहीं जानते कि जब कोई लड़की कपड़े बदलती है तो उस ओर नहीं देखना चाहिए।"

"क्षमा कीजिए, यह मेरे जीवन का पहला अनुभव है।" गोवर्धन ने पीठ पलटी और निर्मला ने साड़ी बदली।

इधर इस महल को संत मंडली अपने कब्ज़े में ले लेती है; उधर अपने खलीफ़ा को देखने-छूने और उसकी बारात में भागीदार होने को दौड़ लगाती भीड़, अब अपने गंतव्य तक आ पहुँचती है। मस्जिद में सुरक्षा कर्मियों की लाशें देख कर दौड़ने वाले यह लोग भड़क उठते हैं, भयंकर हाथापाई होने लगती है।

इधर शोर-शराबे से प्रबल सिंह की बेहोशी टूटती है, वह आँखें मल कर उठता है; ज़बरदस्त नशे के कारण वह सिर पकड़ कर बैठ जाता है, पास में रखी एक बोतल से पानी पीता है और फिर आसपास नज़र घुमाता है। नाच देखने वाले तमाम मुल्ला-मौलवी अभी भी वहीं मूर्छित पड़े हुए थे। वह बौखलाहट में उठता है और सीधा नादिरा के कैदखाने की ओर बढ़ता है।

नादिरा पीली साड़ी पहनकर तैयार हो चुकी होती है और गोवर्धन से कहती है- "आप मुड़ सकते हैं।" गोवर्धन मुड़ कर देखता है और पीली साड़ी में सुंदर, आकर्षक निर्मला को देखता ही रह जाता है। निर्मला के इस रूप में उसे आश्रम की स्वामिनी, अपनी गुरु माँ के दर्शन हो आते हैं। वह एकटक उसे देखते हुए अपना हाथ बढ़ाता है, नादिरा हाथ थाम लेती

है, दोनों को कोलाहल का शोर सुनाई देता है और वे तुरंत वहाँ से तेज़ी से चले जाते हैं।

इधर प्रबल सिंह के गुलाम इलाके में शोर मचाते हैं-

“मारो... मारो... काफ़िर हमारे खलीफा के महल में घुस आए हैं। मारो... मारो.... ।”

.....और आदमी-औरत, बच्चे-बूढ़े सब लाठी डंडे सरिया और पत्थर लेकर परवेज़-महल की ओर दौड़ते हैं। महल के भीतर गोवर्धन की संत सेना पूरी तरह से काबिज हो चुकी थी, जो उसके सामने आता था, वह मारा जाता था। बाहर से हमलावर लोगों ने अंधाधुंध पत्थर फेंकने शुरू किये और वह भी महल में प्रवेश कर गए। पहले से ही प्रबल के दीवानों की फौज से लड़ रही संत सेना, इस पत्थरबाज भीड़ के आगे कमज़ोर पड़ने लगी, पर लड़ाई पुरजोर जारी थी।

इधर प्रबल सिंह कैदखाने पहुँचा और नादिरा को न पाकर चिल्लाता हुआ, पैर पटक कर चला गया। आश्रम के सदस्यों को वहाँ देखकर उसका क्रोध चरम पर पहुँचा और अपने मज़बूत बाजू से एक-एक आश्रम के सदस्य को मारना शुरू किया। संतों ने अपने भाले, त्रिशूल उस पर फेंके, पर प्रबल की फुर्ती के आगे यह निशाने बेकार थे और उसने भाले और त्रिशूल से उन्हीं संतों की छाती और पेट भेद डाले। और वह लगातार आगे बढ़ रहा था।

इधर पत्थरबाजों की भीड़ के आगे जब संत लोग घायल होकर गिरने लगे, तब विष्णु ने मोर्चा संभाला और दस फुट लंबे बाँस के लठ्ठ को ऐसा घुमाया और नचाया कि हमलावर दूर-दूर जा गिरे, कमज़ोर पड़ते सज्जन एकत्र हुए और ऐसी मार मारने लगे कि गिनती में सौ से भी कम यह लोग हज़ार पर भारी पड़ने लगे। एक-एक कर प्रबल के गुलाम फौजी सिर

फुटा कर और हाथ-पैर तुड़ा कर कर ज़मीन पर गिरने लगे, परंतु स्थिति बदली प्रबल के यहाँ आ पहुँचने से! उसने अपनी तलवार बिजली की फुर्ती से चलाई और ऐसी चलाई कि दस-बीस सेवादार और सज्जनों की छाती फट गई, पेट कट गए और कुछ के तो सिर ही धड़ से अलग हो गए। इसके बाद प्रबल का अगला प्रहार विष्णु पर हुआ और बिजली की भाँति चलती हुई लाठी विष्णु के हाथ से छूट गई और विष्णु ज़मीन पर धड़ाम से गिर पड़ा। प्रबल सिंह ने विष्णु की गर्दन को लक्ष्य कर दोबारा तलवार घुमाई, और ऐसा लगा कि विष्णु की गर्दन भी धड़ से अलग होगी, पर वह तलवार विष्णु की गर्दन तक पहुँचने से पहले ही रुक गई। प्रबल ने आश्चर्य से देखा तो पाया कि इस बिजली की तरह दौड़ती हुई तलवार को थामा, गोवर्धन ने! बचपन के दोस्तों की नज़रें मिली और गोवर्धन ने इतनी ज़ोर का झटका दिया कि तलवार दूर जा छिटकी और प्रबल एक ओर जा गिरा। गोवर्धन ने दो टूक चेतावनी जारी की-

“हम यहाँ अपने आश्रम की धरोहर लेने आए थे, किसी का रक्त बहाने नहीं! हम शांति प्रिय लोग हैं हमें जाने दो।”

गोवर्धन विष्णु समेत अपने बचे हुए संतो को लेकर निकलता है। प्रबल को अपने पिता नागेंद्र सिंह की कफ़न में लिपटी हुई लाश याद आ जाती है, जो उसने इसी इलाके के कब्रिस्तान में दफनाई थी। प्रबल ताकत बटोर कर उठता है और एक ज़ोरदार घूँसा गोवर्धन की पीठ पर बजा देता है। गोवर्धन किसी गिरते हुए भारी पत्थर की भाँति लुढ़कता हुआ दीवार तक जा टकराता है, किंतु अगले ही पल उठ जाता है। बोला -

“जानता था प्रबल कि तुम नहीं मानोगे। तुम्हारे पिता ने भी शांति की जगह आक्रमण चुना था और आज तुमने भी! और सच तो यह है कि मैं भी यही चाहता था। मेरे यह साथी जो आज वीरगति को प्राप्त हुए हैं,

उनकी आत्मा को क्या उत्तर देता इसलिए तुम्हें भी मरना ही होगा प्रबल।"

"साले, भूखे-नंगे पंडित तू मुझे मारेगा!"

प्रबल पूरी ताकत से बढ़ा और गोवर्धन पर टूट पड़ा दोनों बलशाली नौजवान भिड़ गए और बाकी सब मनुष्य और दैत्य शांत खड़े होकर इस भिड़ंत को देखने लगे। दोनों ने एक दूसरे के मुँह तोड़े, बाहें मरोड़ी; कभी प्रबल भारी पड़ जाता, तो कभी गोवर्धन; जिसको अवसर मिला अगले को उठाकर पटका। अंततः प्रबल की गर्दन, गोवर्धन की पकड़ में आई और गला इतनी ज़ोर से दबाया कि प्रबल अब मरा तब मरा। और प्रबल की छाती पर सवार होकर ताबड़तोड़ घूँसे बरसाते हुए, गोवर्धन गर्जना के साथ प्रश्न करता है-

"तूने नादिरा को हमारे आश्रम में क्यों भेजा था?"

ऐसा कहकर वह एक ज़ोर का घूँसा प्रबल के जबड़े पर मारता है। फिर दूसरा सवाल दागा-

"और एक बार जब वह हमारे आश्रम की भक्ति में लीन होकर सनातन को स्वीकार करती है तो फिर तू उसे आज उठाकर अपनी कैद में क्यों लाया?"

ताबड़तोड़ घूँसे जड़कर तीसरा प्रश्न-

"जो कुछ हुआ उसे भूल कर, तू आगे बढ़ सकता था! शांति का मार्ग अपना सकता था! शांति का मार्ग तरक्की का मार्ग है, उन्नति का मार्ग है तो फिर तू घूम कर उसी राह पर क्यों आया?"

प्रबल अब मरा तब मरा, लेकिन उसने अपने एक गुलाम को इशारा किया और एक धारदार कुल्हाड़ी गुलाम ने फेंक कर प्रबल के हाथ में दी। प्रबल ने पूरी ताकत से हाथ घुमाया गोवर्धन लहू-लुहान होकर चीख उठा, किंतु

उतनी ही फुर्ती से वह दोबारा खड़ा हुआ और विष्णु ने वही फरसा उसके हाथ में थमा दिया, जिससे उसने बरसों पहले दो राक्षसों को काट डाला था।

फरसा और कुल्हाड़ी आपस में टकराने लगीं और ऐसी टकराईं कि उनमें से चिंगारियाँ निकलने लगीं। प्रबल के गुलाम बीच में कूदने को बेताब होते, पर गोवर्धन के सज्जन उन्हें रोक लेते। जब कभी गोवर्धन कमज़ोर पड़ता तो उसके भक्तगण उसकी मदद को बढ़ते तो, प्रबल के गुलाम उन्हें रोक लेते। नतीजा इनके बीच में ही संघर्ष चढ़ गया और एक बार फिर पूरे महल में लात-घूँसे और तलवारें, एक दूसरे पर चलने लगे। अबकी गोवर्धन कमज़ोर पड़ा, प्रबल हावी हो चुका था। प्रबल गोवर्धन की पीठ पर सवार होकर उसपर घूँसे दर घूँसे बरसाते हुए चिल्ला रहा था -

"नादिरा को तेरे आश्रम में भेजने की बजाय मैं किसी कसाई को भी भेज सकता था, तुझे काट देने के लिए!" - यह कहकर उसने एक ज़ोरदार घूँसा गोवर्धन के गाल पर मारा और फिर आगे चिलाया-

"मुद्दा तुझे मारने का नहीं था! तेरी इस अकड़, तेरे इस घमंड को मारने का था, जिसे तू धर्म कहता है, और इस अकड़ के लिए तूने मेरी दोस्ती ठुकराई, (एक ज़ोर का घूँसा), मेरे बाप को मारा (एक और घूँसा) और अपने बाप को भी मारा और सुना है कि तेरे पैदा होते ही तेरी माँ भी मर गई थी! तुझे तो पैदा होना ही नहीं चाहिए था।" और वह ताबड़तोड़ घूँसे बरसाता चला जाता है। गोवर्धन पूरी तरह से टूट चुका था निस्तेज हो चुका था और इसी मिस्तेजना के बीच उसे याद आते है, गुरुदेव और गुरु माँ की मृत्यु के बाद का वह वक्तव्य जो उसने आश्रम के नवनिर्माण के समय दिया था। स्वर्गीय गुरु धर्मानंद की मूर्ति समक्ष संत-महात्मा, उनके

शिष्य, आश्रम के सेवादार और समस्त भक्तों के एक बहुत बड़े समुदाय को संबोधित करते हुए बालक गोवर्धन ने हुंकार भरी थी-

"हमारे गुरुओं ने हमारे आश्रम में कभी किसी भी जीव के प्रति हिंसा या घृणा का भाव नहीं रखा। प्राणी मात्र में हमने सिर्फ ईश्वर का दर्शन पाया और हर प्राणी से सिर्फ प्रेम किया। उसके बाद भी आतताइयों और आक्रमणकारियों ने हम पर हमले किए, हमें मारा और हमारी माताओं और बहनों पर पार्श्विक अत्याचार भी किये। हम इसे अपने कर्मों का फल और ईश्वर का दण्ड समझकर भूल जाते हैं और आगे बढ़ते हैं; परंतु आक्रमणकारी नहीं रुकता है। वह हमारे आश्रम भी ढहाता है, हमारे मंदिरों को भी तोड़ता है और यह सब सिर्फ इसलिए होता है क्योंकि इसके असली दोषी हम ही हैं; अहिंसा, जो जीवन जीने का एक विकल्प मात्र है और जब हम इस विकल्प को ही अपना संकल्प बना लेते हैं, तो हमारी अहिंसा, ही हमारी कायरता बन जाती है। आक्रमणकारी हमें चोट मार कर हँसता है और हिंसा का अपना नशा हमपर उतारता है! पर अब ऐसा नहीं होगा; हमें हिंसा का उत्तर हिंसा से ही देना होगा, पशु यदि काबू में ना आए तो उसे मारना ही होगा, फिर चाहे उसके लिए हमें ही पशु क्यों न बनना पड़े! तो आज हम अपने गुरुदेव और अपनी गुरु माँ को साक्षी मानकर सौगंध खाते हैं कि अहिंसा और शांति से जीवन जियेंगे और फिर यदि किसी पापी ने हम पर या हमारी अस्मिता पर कोई आक्रमण किया तो हम उसे चीर फाड़ कर रख देंगे। जय भवानी..ऽ..ऽ..ऽ।"

"जय भवानी.... जय भवानी....।"

.... और आज जब प्रबल के साथ इस निर्णायक युद्ध में जब उसे अपना ही यह उद्घोष याद आता है, तो अपनी पीठ पर सवार प्रबल पर बिजली की भाँति पलटवार करता है और फुर्ती से फरसे की चोट मारता है कि

प्रबल के मुँह से लेकर गले से होते हुए छाती तक ऐसा चीरा लगता है कि खून की एक लक्ष्मण रेखा खिंच जाती है। प्रबल चीख उठता है और अगले ही पल दूसरा वार उसे ज़मीन पर गिरा देता है। गुलामों की भीड़ प्रबल को बचाने दौड़ती है, पर गोवर्धन शेर की तरह दहाड़ता हुआ भगवान परशुराम की भाँति फरसा ऐसे लहराता है कि सब पीछे हट जाते हैं। संत सेना "जय भवानी" का उद्घोष करते हुए उन पर टूट पड़ती है और उन्हें मार-मारकर कर भगाती है। प्रबल परास्त हो चुका था और ज़मीन पर ऐसा गिरा था कि फिर उठने लायक नहीं रहा। ज़मीन पर अधमरे और अधकटे प्रबल सिंह को गोवर्धन ने गर्दन और बालों से पकड़ कर उठाया और घसीटता हुआ ले चलता है, उसी के दरबार की ओर जहाँ वह ऊँचे आसन पर शहंशाह की तरह बैठकर दूसरों का इंसाफ करता था। उसे घसीटते हुए गोवर्धन गर्जना करता है-

"तूने धर्म और स्त्री की मर्यादा पर अतिक्रमण किया है, इसलिए तेरी सज़ा तेरे अपराध के अनुरूप ही होगी और तुझे दण्ड भी वही स्त्री देगी।"

और घसीटते हुए प्रबल सिंह को वह उसी आसन पर ले जाता है, जहाँ इस समय नादिरा उर्फ निर्मला, जो पीली साड़ी पहने हुए साक्षात् कोई देवी सी लगती थी, सिर से पाँव तक गहनों से सजी हुई देवी। गोवर्धन ने प्रबल को निर्मला के सामने फेंका। प्रबल ने गर्दन उठा कर देखा तो निर्मला ने अपना पैर उठाकर उसके सिर पर रख दिया। गोवर्धन ने फरसा उछाल कर निर्मला के हाथों में दिया। निर्मला ने फरसा पकड़ा और असहाय अवस्था में दिख रहे उस दैत्य पर ऐसा प्रहार किया की गर्दन फुटबॉल की भांति लुढ़क कर दीवार से जा लगी। वहाँ उपस्थित हर कोई इस वीभत्स दृश्य को देखकर हतप्रभ था और हर आँख सिर्फ निर्मला को देख रही थी, जो इस समय साक्षात् चंडिका सी प्रतीत हो रही थी और किसी मूर्ति की भाँति खड़ी थी, अटल-अचल। गोवर्धन आगे बढ़ा और

दोनों हाथों से निर्मला को कुछ झकझोरा। निर्मला होश में आई उसने इस महल का मुआयना करना शुरू किया, जगह-जगह लाशें पड़ी थीं। वहीं पर उसे अपनी माँ की क्षत-विक्षत लाश भी मिली और फिर उसे याद आया बचपन का वह दृश्य जब उसका बाप कादिर हमीद, कसाइयों के साथ मिलकर गाय की उस बछिया को काट रहा था, जिसे वह स्वामी धर्मानंद के आश्रम से लेकर आई थी। कसाई बछिया को काट रहा था और नादिरा उसे देखकर रो रही थी। वह मासूम प्यारी सी बछिया उसकी आँखों के आगे उछलती-कूदती दिखती तो कभी कटे-फटे माँस के लोथड़े के रूप में दिखती। गोवर्धन अभी उससे कुछ दूर ही था। वह फरसा अभी भी नादिरा के हाथ में ही था। दोनों एक-दूसरे को देख रहे थे कि एकाएक वह बोली-

“इस जन्म में तो मैं तुम्हारे योग्य नहीं गोवर्धन; किंतु अगले जन्म में तुम्हें पाने के लिए तपस्या करनी होगी और उसके लिए मुझे बहुत दूर जाना होगा।”

ऐसा कहकर उसने एक ज़ोरदार फरसे की चोट अपनी गर्दन पर मारी और उसका सिर धड़ से अलग जा गिरा और तड़पता हुआ धड़ वहीं पर गिर पड़ा।

“नहीं...ऽ...ऽ...ऽ...ऽ” - गोवर्धन चिल्ला कर नादिरा के शव के पास पहुँचा और वहीं बैठकर रोने लगा। विष्णु समेत तमाम संत-सज्जन उसे उठाकर रोते हुए अपने गले से लगा लेते हैं।

निर्मला का अंतिम संस्कार गोवर्धन अपने हाथों से करता है।

१.

प्रबल सिंह की मौत के बाद सुनैना दो जुड़वा बच्चों को जन्म देती है। एक लड़का और एक लड़की।

भूपेश सिंह ने अपना वोट बैंक बढ़ाने के लिए घुसपैठियों और अवैध नागरिकों को लोकतंत्र की छाती पर बसाया था, पर आज अपने अतीत को याद कर और अपनी बेटी को वैधव्य-पूर्ण जीवन के साथ दो अनाथ बच्चों को पालते देखकर, उसके पास पछताने के अलावा कुछ नहीं बचा था। कभी-कभी सुनैना की स्थिति देखकर वह रो पड़ता था। उसने कई बार सुनैना से दूसरी शादी कर लेने का जिक्र किया पर सुनैना, जिसके जीवन में सिर्फ कटु यादों के सिवा कुछ नहीं बचा था, उसका जवाब भूपेश सिंह की छाती भेद डालता था-

"फिर से कोई नया राजनीतिक समझौता हो गया है क्या? सल्तनत के बदले बेटी देने का!"

विवाह के लिए भले ही सुनैना मना कर देती थी पर, न सिर्फ उसके हृदय में बल्कि उसके तकिए के नीचे और उसके पर्स में, एक तस्वीर रहती थी, स्वामी गोवर्धन लाल शास्त्री की! और इस तस्वीर को वह अक्सर अकेले में, देख लेती और निहारती रहती है और कभी-कभी सीने से लगाकर रो पड़ती।

एक दिन गोवर्धन अपने आश्रम में जब योग-निद्रा में मगन था, तब सुनैना अपने दोनों नवजात बच्चों को वहाँ लेकर आ पहुँचती है। गोवर्धन आश्चर्य मिश्रित भावों से उसकी ओर देखता है, तो वह कहती है-

"हे महात्मा! आप धर्म का प्रतिबिंब हैं। हर माँ की इच्छा आप जैसा पुत्र पाने की है; हर बहन की इच्छा आप जैसा भाई पाने की है; हर पत्नी की इच्छा आप जैसा पति पाने की है और हर औलाद का सौभाग्य आप जैसा पिता पाने में है। आपसे विनम्र प्रार्थना करने आई हूँ कि मेरे इन दोनों बच्चों का पालन-पोषण एक पिता की भाँति आप ही करें ताकि यह दोनों बड़े होकर गोवर्धन लाल शास्त्री बन सकें ना कि प्रबल सिंह।"

.....और दोनों बच्चों को गोवर्धन की गोद में डालकर सुनैना चली जाती है। गोवर्धन के नीरस हो चुके जीवन में यह दोनों बच्चे आशा की दो किरणों के रूप में आते हैं और गोवर्धन इन्हीं के पालन पोषण में और इन्हें धर्म संस्कार देने में अपना जीवन व्यतीत करने लगता है।

लेकिन भूतकाल का भूत उसे डराता है। प्रबल सिंह के बेटे के चेहरे पर कभी-कभी उसे प्रबल की छाया दिखाई पड़ती है, जो प्रबल से भी ज़्यादा खूंखार और कुरुप प्रतीत होती है। प्रबल की यह छाया कभी-कभी राक्षसी अट्टहास करती हुई सी प्रतीत होती है।

भूपेश सिंह, अपनी बेटी सुनैना के मनोभावों को समझता भी है और अक्सर सुनैना के साथ इस आश्रम में आता है और हर बार वह गोवर्धन से सुनैना के साथ विवाह करने की विनती करता है और इसी में अपने पाप का निवारण देखता है।

विष्णु सहित अन्य मित्रों के समझाने, ज़िद करने और सुनैना की भक्ति और समर्पण के आगे गोवर्धन का हृदय पिघलता है और एक दिन सादे ढंग से वह भूपेश सिंह, उसकी पत्नी और आश्रम के तमाम मित्रों की उपस्थिति में सुनैना से विवाह करता है।

सुनैना और प्रबल के दोनों बच्चों को वह अपनी ही संतान की तरह पालता तो है किंतु डर बरकरार था कि कहीं वह दुश्मन ही को तो नहीं पाल रहा।

आगे चलकर सुनैना फिर माँ बनती है और गोवर्धन को पिता बनने का सौभाग्य प्राप्त होता है और गोवर्धन के यही बच्चे, अपने सौतेले भाई-बहन अर्थात प्रबल के बच्चों के साथ इसी आश्रम में खेलते-कूदते बड़े होने लगते हैं, जैसे वर्षों पहले गोवर्धन शास्त्री और प्रबल सिंह दोनों इस आश्रम में खेलते थे।

हमारी यह कथा यहीं विराम लेती है। किंतु कुछ प्रश्न ऐसे हैं जिनके उत्तर ढूंढने के लिए अगले भाग की यात्रा भी करनी होगी-

१. प्रबल सिंह के दोनों बच्चे, जिन्हें अब गोवर्धन एक पिता की भाँति पाल रहा है, बड़े होकर कहीं वे गोवर्धन में अपने पिता के हत्यारे की छवि तो नहीं देखेंगे?

२. सौतेले भाई बहनों के बीच में बचपन का स्नेह हमेशा बना रहेगा या इसमें कोई दरार पड़ सकती है और यदि ऐसा हुआ तो गोवर्धन और सुनैना का झुकाव किसी और रहेगा।

३. स्वामी धर्मानंद के दोनों बच्चे, जिन्हें भूपेश सिंह ने दया कर भागने का अवसर दिया था, उनका क्या हुआ और वे अब कहाँ है?

४. सबसे महत्वपूर्ण प्रश्न प्रबल सिंह के मरने के बाद क्या परवेज़-गढ़ की ओर से धर्मपुर आश्रम पर कोई नया हमला तो नहीं होने वाला है। और यदि हुआ तो प्रबल के मरने के बाद उसका सरगना कौन होगा।

आशा करते हैं कहानी आपको पसंद आई होगी।

समाप्त

www.ingramcontent.com/pod-product-compliance
Lightning Source LLC
LaVergne TN
LVHW010750051026
849532LV00007B/2321
* 9 7 8 9 3 6 4 3 1 6 7 4 3 *